文創風

love.doghouse.com.tw

狗屋硬底子，臺灣文創軟實力，原創風格無極限！

狗屋硬底子，臺灣文創軟實力，原創風格無極限！

文創風 004

婢女求生記

二〈非卿莫屬〉

梅貝兒 著

目錄

第一章　信任

「丫頭，老身死後才知道薄家將在曾孫子這一代絕後，卻什麼事也做不了，妳能瞭解那種心情嗎？只能拜託妳了……」

雙月倏地睜開眼，房內一片昏暗，原來又夢到那一天，當她進入時光隧道，快失去意識之前，鬼阿婆語帶哽咽的殷殷囑託，如果可以，真想忘記這句話，因為壓力真的很大。

想到自己原本只是一個小小漫畫家，卻因為一塊琥珀，穿越到清朝，若是以前，只會說那是漫畫才有的情節，可是卻讓她遇上了，真不知該說幸還是不幸。

她翻身坐起，兩手圈抱著膝蓋，其實還是割捨不下原本的世界，可是雙月現在能夠體會鬼阿婆的心情，加上又不小心喜歡上薄子淮，這下真的不幫不行，不過現在問題是要從何幫起。

真是快煩死了。

把頭埋在膝蓋上，過了大約十分鐘，雙月才抬起頭來。

「好了，充電完畢……」她還是要去面對現實，決定把衣服洗一洗，這裡凡事都要手動，真的很辛苦。

直到雙月晾好衣物，其他婢女也都起床了。

「聽說今天下午又有戲班子要來，咱們也去偷看一下。」

「要是讓包嬤嬤發現妳在偷懶，可要罰妳餓肚子……」

雙月聽說老夫人和姑奶奶都喜歡聽戲，一個月總會請到西花園的戲台上演出個五、六回，這也是她們平日的消遣。

見幾個婢女聊得起勁，也只有這個時間可以讓大家說說笑笑，可惜雙月對這個話題不感興趣，於是吃過早飯之後，便開始一天的工作。

只不過當她遇到小全子，才知道薄子淮昨晚因為處理一些緊急公文，並沒有回府，儘管她也是負責伺候的，不過真正貼身服侍的還是小全子。

雙月沈吟一下。「那我現在要做什麼？」

「妳就打掃房裡好了。」小全子分配好了工作，便去忙別的事。

她捲起袖口，心想天氣這麼好，決定來個大掃除。

雖然就快要進入秋天，暑氣依舊逼人，雙月不停地用袖口抹著額頭上的汗水，真的很想換上背心短褲，而不是包得像粽子，都快要中暑了。

「小全子！」過了半個時辰，雙月已經擦完桌椅，掃完地，也整理好床榻，捧著幾件待洗的衣物走出來，卻不見薄子淮的貼身小廝。

「跑到哪兒去了？」

問了在外頭打掃院子的奴才，也都說沒看到人，雙月並沒有想太多，便先把衣物拿去洗了。

一直等到雙月返回，卻見到走在前頭的小全子走路姿勢怪怪的，還不停地用手揉著屁股，讓她覺得有點奇怪。

「你怎麼了？」雙月三步併作兩步的趕上。

「沒、沒事。」小全子尷尬地搖頭。

她蹙起眉心，根本不相信。「臉色這麼難看，怎麼可能會沒事，是跌倒了，還是不小心撞到？」

「其實……」他勉強地笑了笑。「方才被老夫人叫去了……」

小全子的話只說一半，不過雙月馬上就聯想到接下來可能發生的情況。「她是不是叫人打你屁……我是說對你用了『家法』？」

「這也沒什麼。」當奴才的都要認命。

「什麼叫沒什麼？她為什麼要對你用家法？」她一臉忿忿然，心想那個歐巴桑是不是有虐待狂，動不動就喜歡打人家屁股。

他覷了下雙月，吞吞吐吐地說：「老夫人只是把我叫去問了一些有關大人和妳之間的事……」

「我跟大人又沒做虧心事，你就儘管說沒關係。」簡直是太過分了，居然從小全子身上下手，她最不希望因為自己而連累到身邊的人了。

「我也說妳從來沒有在大人房裡過夜，和大人之間是清清白白，可是老夫人就是不相信……」還叫來兩個奴才，把他拖出去打了十個板子，小全子慶幸自己捱得住，沒有皮開肉綻。

雙月小臉繃得死緊。「我現在就去找老夫人……」

「什麼？」小全子不禁大驚失色，趕忙把她給拉回來。「妳現在過去只是火上加油，老夫人會連妳一塊兒打，反正抹了藥，休息兩、三天就好，不打緊的。」

「是我害了你。」她很過意不去。

「算了……」小全子苦笑一聲。「妳自個兒要小心一點，因為妳是第一個來伺候大人的婢女，老夫人一定會找妳麻煩的。」

「為什麼她不去找大人那兩個小妾的麻煩，一定要針對我？」雙月就是不明白，她只是個婢女，又礙到誰了。

小全子一面揉著屁股，一面小聲地說出重點。「因為那兩個小妾是老夫人挑的，不是大人自個兒看上的，當然不一樣了。」

「原來是這樣。」那個歐巴桑根本是心理變態。

將來要是真的嫁給薄子淮，有這種強勢又不講理的婆婆，還真是頭痛……這個想法才冒出頭，雙月不禁自我解嘲，現在擔心這件事還太早了，何況她真的可以完全捨棄回家的念頭，永遠留在這個清朝嗎？

見雙月還是一知半解，小全子也就好人做到底，乾脆點醒她。「聽說那天在西花園香舫上，大人出面維護妳，他可是從來不曾干預老夫人教訓府裡的婢女，這代表什麼妳懂嗎？」

難得主子看上一個女人，小全子打從心底希望他能過得開心些，如今大小姐已經出嫁，二小姐也過世了，真的連一個說話的對象都沒有，實在不想再看到主子鬱鬱寡歡的模樣。

「呃……嗯。」她當然懂了。

雙月也承認確實喜歡薄子淮這個男人，喜歡他外冷內熱的性子，喜歡他不會花言巧語，雖然他認真耿直到不知變通，有時真的很令人火大，不過即使是這樣一個缺點，也有它可愛之處，所以才願意試著跟他交往看看，可是還沒有「愛」到非這個男人不嫁的地步，兩者的感情有著相當大的差距。

如果可以選擇的話，雙月還是想要回到原本屬於自己的家。

「唉！不管老夫人問我多少次，我都發誓妳和大人是清白的，最後她才放我回來……」小全子嘶叫一聲。「看來今晚得趴著睡覺了。」

雙月一臉內疚地說：「你先去搽藥，其他的事交給我就好。」

「大人要是回來，妳可別提起這事兒，就當作沒發生過，免得大人心情又不好了。」他又囑咐地說。

她隨口答應了。

想到西花園那天的事之後，已經整整過了十日，老夫人都沒有再來找麻煩，原來還在想別的法子對付她。

如果換作現代，員工受到雇主的虐待，還有申訴管道，可是處於這個封建保守的清朝，只有任人宰割的分，雙月既感到無力，也大為不滿。

若是現在去跟老夫人坦白，自己是為了不讓薄家無後，才從未來「穿越」到清朝的，好歹也是恩人，不能恩將仇報，她會相信嗎？

不！她不會相信。雙月不禁在心裡自問自答，尤其現在關係這麼緊張，對自己的印象一定更差，根本不可能聽得進去。

不過雙月最擔心的是這回小全子被叫去拷問，下回又會輪到誰？如果老夫人想用這種卑劣的手段對付她，那麼真的成功了。

說來說去還是要怪鬼阿婆，當初也不多給一點提示，現在好了，自己拍拍屁股走人，卻害得她捲進這個朝代裡頭，不再只是旁觀者的身分，事情搞得愈來愈複雜，真不曉得該怎麼辦才好。

「……在想什麼，想得都出神了？」身穿補服的薄子淮不知何時回府，站在雙月面前問道。

雙月回過神來。「你……呃，大人回來了。」因為附近還有其他奴才在，有人盯著他們，還是依著規矩見禮。

「嗯。」薄子淮取下頭上的涼帽，遞給雙月，暗示她跟著走。

她手上捧著涼帽，進了寢房，將它擺在該放的位置上。

「小全子呢？」他回頭問。

「他……生病了，所以回房裡歇著。」雙月口氣稍稍猶豫了下，還是決定不說出來。

薄子淮聽出一絲異樣。「他真的生病了？」

「當然是真的，我沒有騙你。」她斜睨著他說道。

他輕扯了下嘴角，想起雙月不喜歡被人懷疑是在撒謊，也就不再多問了。「那麼叫個奴才進來伺候我更衣吧。」

「不用麻煩，我來就好了。」真不懂這些當主子的，明明有手有腳，還要叫人來幫忙，雙月實在看不下去。

「妳確定要伺候我更衣？」薄子淮聽她這麼說，才要解開絆扣的動作不禁頓了一下，微訝地問。

雙月已經從花梨木櫃子裡捧出一套乾淨的內衫褲和長袍，之前看小全子做過幾次，只要有樣學樣就好了。「不行嗎？只是換個衣服，這種小事還難不倒我……好了，快點把官服脫下來。」

「咳。」被雙月這麼催促，又見她一臉坦然，反倒是自己覺得有些難為情，不禁清了下喉嚨。「如果妳不介意，當然無妨了。」

她有些會錯了意。「雖然很高興你不把我當婢女看待，不過我也不是那種斤斤計較的人，可以做的還是會做。」

「既然妳都這麼說了，那我就恭敬不如從命。」薄子淮眼底隱隱藏著戲謔的笑意，想看看她會有什麼樣的表情。

於是，薄子淮脫下外頭的補服，將它遞給雙月，讓她順手披在衣架上，接著便是裡頭的白色內衫，直到赤裸著上半身。

這不是雙月第一次看到男人在面前露兩點，生活在現代，不管是網路上，還是在現實世界中，隨處都看得到，也不會大驚小怪，還很自在的多看幾眼，嗯，是她欣賞的典型。

薄子淮不是屬於肌肉型的男人，雖然是文官，不過身為旗人，騎射方面自然在行，體格鍛鍊得精瘦有力，不算誇張，但結實的小麥色胸膛隨著呼吸而起伏，讓她眼睛跟著發亮，也因為職業病使然，腦子裡馬上跑出好多靈感和畫面，覺得很適合用在《魔法小女傭》裡冷酷的大少爺身上，摘下眼鏡，私底下的他其實有著性感魅惑的另一面，加上習慣裸睡，早晨醒來，沒有贅肉的小腹下，只用白色被單蓋住重要部位，粉絲們一定很高興能大飽眼福……

明明已經無法再畫下去，可是雙月依然掛念著那部未完成的作品，更覺得對不起每個月等待最新連載的忠實讀者。

「妳還要再看下去？」見雙月根本毫不迴避，還看得目不轉睛，他忍俊不禁地笑問。

她將心思拉了回來，見薄子淮把手掌放在褲頭上，作勢要往下拉時，這才領悟過來，馬上面紅耳赤的轉過身去。

「你、你自己穿……」雙月把衣物伸給他，舌頭差點打結。

好吧！那個「重要部位」當然不可能打馬賽克了，還是不要看得太仔細，免得尷尬，她不禁羞窘地思忖。

見狀，薄子淮笑不離唇地接過衣物，自己一一穿上。

「已經穿好了。」他穿好立領直身長袍，扣上最後一個絆扣。

雙月只聽見身後傳來窸窸窣窣的聲響，臉上的熱度還沒完全褪去，可不想被這個男人取笑，於是揣著薄子淮換下的內衫褲，找個藉口離開。「你應該餓了，我去把飯菜端過來……」

不待薄子淮開口，她已經奪門而出，依稀還能聽見身後傳來低低的笑聲。

只是當雙月才踏出房門不久，一名奴才打扮的矮個子男人進門來了，那是負責整理西花園的花匠。

「大人……」花匠恭謹地俯下頭來，湊近薄子淮的耳畔，不知說了些什麼，讓他慢慢斂去了笑意。

待那名花匠稟報完畢，便直起身軀靜候差遣。

薄子淮凜著俊臉，左手輕擺一下，示意他可以退下了。

一直以來，他都知曉額娘在監視自己的一舉一動，好能隨時掌控，尤其是最近這幾日更加頻繁，過去不曾理會，但並不表示願意繼續容忍下去。於是他決定以其人之道、還治其人之身，也找來了幾個最不起眼的奴僕，暗中觀察，好將那邊的情況隨時跟他稟告。

原來小全子是因為這個原因才會「生病」，他終於知曉病因了。

看來額娘這回不是直接衝著雙月來的，而是打算從身邊的奴僕下手，這麼做又有什麼好處呢？薄子淮仔細分析著情勢，若知曉是被雙月給拖累，那麼以後有誰敢再接近她？

「確實很像額娘會做的事……」她喜歡把一個人孤立，讓別人不敢靠近，更要讓對方求助無門，當初就是這麼對待二妹，所以連奴僕都不把她當主子，要不是他堅持遵守阿瑪的遺言，經常請大夫來為她治病，只怕捱不到十四。

他並不想造成母子之間的對立，那也不是他的目的，這麼做不過是希望防患於未然，可是又該如何化解以後可能發生的衝突，以及保護雙月呢？

過了片刻，雙月端著剛煮好的午膳回來。

「大人請用。」她還是得要習慣這個稱呼，免得哪天被人抓到把柄，又冠上一個不懂規矩的罪名。

薄子淮面不改色的瞅了她一眼，想著雙月方才為何要隱瞞小全子的事，雖然不算說謊，但也沒有說出真話。

這段日子以來的相處，他多少也摸清了雙月不想連累別人，更不希望因為自己而受到處罰的性子，他確實很欣賞這項優點，她沒有一般女子的自私短視，懂得替別人著想，別人對她好，她也會回報，光是這些就足夠令自己心動，不過一旦知曉小全子是因為自己才遭到家法伺候，反應不該這麼平靜才對。

「方才……妳一個人站在外頭想些什麼，我都站在面前好一會兒了，也都沒有發現？」他狀若無事地試探。

「剛剛嗎？喔……」雙月才思索了下，已經想起來了，可是她不喜歡當抓耙子，要是說了，好像在跟他打小報告似的，何況老夫人畢竟還是生他的媽媽，會不會有點親痛仇快，到了最後，左右為難的還是眼前這個男人。

「其實也沒什麼，只是……正好想到一個故事。」她迂迴地說。

薄子淮先行入座，執起了箸。「又是漫畫裡頭的？」他已經知曉原來之前說的故事都是所謂「漫畫」中的情節。

「嗯。」雙月眼珠子轉了轉。

「那就說來聽聽。」薄子淮有了興致。

「你一個晚上沒睡，不睏嗎？還是要等睡飽之後再聽？」雙月早就覷見他眼底的紅絲，那是徹夜未眠的痕跡。

「不礙事。」他喜歡聽她說故事。

她聳了聳肩，便在靠牆的圈椅上坐下，也只有在兩人獨處時，才能享有這種福利。「好吧，那我就簡短的講一下好了……」

既然有人想聽，自己也很願意分享。

「從前有一個叫做貴志的孩子，因為遺傳了祖母的特質，從小就能看見各種可怕的妖怪，只是年紀太小，不懂那是什麼，很自然的告訴身邊的大人，反而讓那些大人覺得害怕，加上他又經常被那些妖怪作弄，做出一些在外人看來十分怪異的舉動，因此連同齡的孩子也不敢跟他玩，總是孤孤單單一個人……」雙月說著最喜歡的一套妖怪漫畫《夏目友人帳》，對於書中主角的遭遇，很能感同身受，因為在小學到中學這段求學時光，她也總是一個人，沒有朋友。

「因為貴志的父母很早就過世，只能依靠親戚來收養，可是每次看到他對著空氣大喊大叫，或是被看不見的東西追逐，甚至指著家中陰暗的角落說那裡有著什麼，全都被他嚇壞了，最後貴志就被那些親戚推來推去，根本沒有人敢收養他，也不會有人關心他是不是吃飯了，或是書唸得如何……」說到這兒，她嗓音微哽了。

薄子淮不知何時停下用膳的動作，靜靜地看著她泛紅的眼圈，過了一會兒才啟唇。「這個故事讓妳難過？」

「因為這套漫畫真的很感人，所以才會難過。」她說得避重就輕，其實是每看必哭，而且哭到不能自已。

就因為雙月很少談起自己的私事，才讓薄子淮想要多瞭解她，而直覺告訴自己，或許可以從這個故事中去推敲。

「你到底要不要聽？」雙月有點後悔說這個故事，洩漏了太多不想讓別人知道的隱私。

他俊臉一整。「當然要聽了。」

「……終於有一天，一對好心的夫婦出現在貴志面前，朝他伸出接納的雙手，還說歡迎他到他們家裡去住，這對貴志來說，就像是作夢一樣，而這對夫婦也真的對他很好，因為沒有小孩，所以把他當作親生的，讓曾經失去家和家人的貴志心裡非常感激，不過還是決定不要讓他們知道他可以看見妖怪……」說到這兒，她不禁反問：「你猜這是為什麼？」

「因為害怕那對夫婦知道他看得見那些……妖怪，不肯再收養他。」雖然薄子淮不相信這世上真有那種東西，不過既然只是故事，也就不去加以駁斥。

「不對。」雙月搖了搖螓首。

「不對？」他訝然。

「你再猜猜看。」她故意賣著關子。

薄子淮一手支著下顎，沈吟片刻。「……我真的猜不出來。」

「那我再提示一下好了……」雙月一臉笑吟吟。「貴志打從心底感受到這對夫婦是真心接納自己，把他當作家中的一份子，更可以肯定如果說出真相，他們也不會跟之前那些親戚一樣，不願再收養他，那麼為什麼還是不肯說呢？」

「這……」他實在想不出答案。

「如果是你會告訴他們嗎？」雙月希望他設身處地的去想。

「如果是我……應該也不會說。」他似乎有些懂了。

「為什麼？」雙月把玩著垂在肩上的辮子。

「只為了不想讓他們擔心……」說到這兒，薄子淮也理出了頭緒。「因為這對夫婦對他好，所以才會在乎他們的感受。」

她澀笑道：「沒錯，在不知道真相之前，這對夫婦看到貴志身上有傷口，會以為是孩子貪玩，能夠不以為意的幫他上藥，可是一旦知道真相，再看到他受傷了，一定會擔心是不是又被妖怪攻擊，那些妖怪會不會又來傷害他了？貴志只要想到他們擔心憂慮的神情，就決定保守秘密……」

「有些事說出來很容易，心裡也會輕鬆許多，可是卻會讓人為難，或者擔憂，那麼只好繼續隱瞞下去，這不是故意要欺騙，而是不想因為自己而去連累到別人。」雙月用平靜的口吻說道。

薄子淮心口一緊，聽懂她說這個故事的用意了。

是否就因為這個原因，明知小全子是因為她才挨了板子，卻不來跟他告狀，而是選擇隱瞞，只因為不想讓自己夾在中間為難？

「那也要看對方的想法，如果他希望妳能坦白相告，不妨就說出來……」他用堅定的口吻說道：「妳應該要相信我。」

她在薄子淮有些指責的黝黑目光下，反倒心虛了。「這是在說貴志，怎麼扯到我身上來了？」

雖然漸漸拉近和薄子淮之間的距離，願意敞開心扉試著和他交往，甚至有肢體上的接觸，可是內心深處的那一扇門，依舊緊閉著，不希望有人碰觸它，但是又期待有人瞭解，所以只能用說故事的方式來表達。

其實自己一點都不坦率，想要被人理解，又怕會受到傷害，追根究柢就是無法真正面對過去的陰影，從中得到自由……雙月不禁懊惱地思忖。

「雙月……」薄子淮冷不防地起身走向她，然後彎下上半身，將兩手撐在圈椅的扶手上，壓迫感十足的逼近。

雙月本能地往後仰，貼著椅背，連話都說得有點結巴了。「你、你不要突然靠得這麼近……」

「我喜歡聽妳說的這些故事。」因為背後都有它的深意。

她有些嗔惱地說道：「這些話坐遠一點說我也聽得見。」

「如果不靠近一點說，恐怕妳無法真正明白我的心情……」薄子淮低哼一聲，要對付雙月，就得用這種半強迫的方式來逼出真正的反應，否則只會用故事來搪塞，一個不察，就讓她矇混過去。

「雖然我承認很喜歡聽妳說故事，但是寧可妳直接告訴我真正想要表達的事，多信任我一點。」這是他眼下最希望從雙月身上得到的，在自己面前，不需要設防和武裝，願意依賴他。

「我又沒說不信任你。」雙月的口氣卻沒有半點說服力。

薄子淮彷彿要看穿她的心思似的。「那麼就不要像方才故事裡的那個孩子，為了不想讓我擔心，寧可什麼都不說。」

她低頭不語了。

「……不過聽到妳這般在乎我的感受，心裡還是很高興。」他冷峻的表情柔和了下來。

雙月面頰一熱。「誰在乎你了？」

「這是惱羞成怒？」薄子淮挑眉問道。

「才不是！」她很想再踹他一腳。

「被人說中心事，生氣是應該的。」他借用雙月曾經說過的話。

「這句話聽起來有點耳熟……」雙月咕噥。

「不就是妳說的？」薄子淮眼中閃著戲謔。

「不要隨便盜用別人說過的臺詞，這是抄襲。」她用手心推著薄子淮的胸口，覺得空氣有些稀薄。「退後一點……」

他絲毫不肯退後。「以後心裡有話就直接說，毋須顧忌。」

「什麼話都可以嗎？」雙月斜睨。

「當然。」他恩准了。

雙月馬上笑得有些不懷好意。「這可是你自己說的，好，其實……從我第一次見到你，就已經看你不順眼了，一副眼睛長在頭頂上，好像自己多高尚多尊貴似的，還喜歡用冷冰冰的眼神凍死人……」

聽到這兒，薄子淮臉色已經愈來愈黑。

「尤其是這張面無表情的臉孔，好像是不小心打了山寨版的肉毒桿菌，連動都不會動一下，儘管我喜歡的漫畫人物都是這一型的，不過偶爾還是很想像這樣捏捏看……」她也真的這麼做了。

瞪著用手指掐著自己臉頰的雙月，他頭上已經罩了團黑氣，不過並沒有揮開，或是斥責。

「真的就這麼看不順眼？」雖然聽不太懂她話裡所指的東西，不過薄子淮更在意這句話。

她嬌嗤一聲，捏得更用力了。「你現在才知道，尤其想到是為了你才害我回不了家，就恨不得揍你幾拳。」

罩在薄子淮頭上的黑氣又因為這番話而漸漸散去，如果能讓雙月回不了家，一輩子留在自己身邊，他可是一點都不介意這種放肆的舉動，只是被捏的部位真的很疼，知曉她是真的有滿腹怨氣要發洩，不是嘴巴上說說而已。

「那麼現在呢？還是看我不順眼？」這點比較重要。

聽他這麼問，雙月有些羞窘地說：「有……有稍微順眼一點了。」

「那就好。」他眼中多了一絲柔情。

雙月還不是很習慣被這麼盯著，會讓她有種正在往下陷落的錯覺。「我現在命令你，快點變回你原來的樣子……」

「什麼？」薄子淮一臉失笑。

鬆開捏著薄子淮臉頰的手指，瞥見皮膚真的被自己捏紅了，雙月不禁有些心虛，暗暗希望不要讓他發現才好。

「你還是快點變回原本那個臉部僵硬、眼神冰冷、高高在上、沒血沒淚的樣子好了。」她半真半假地說。

「妳不是不喜歡那副模樣？」薄子淮一臉似笑非笑。

她是怕自己墜落得太快，一下子陷得太深，會爬不上來。「好了，你快去把午膳吃完，好好睡一覺……」

見她不想繼續這個話題，薄子淮也不打算這麼快就放過雙月，算計地說：「如果妳願意在旁邊說故事給我聽的話，或許會讓我睡得更好。」

「你都幾歲了，還要聽故事才睡得著？」還真的變成床邊故事。

薄子淮只想延長跟雙月相處的時間，就像方才那樣輕鬆的談笑嬉鬧，那可是從未有過的經驗。「這跟年紀無關。」

「如果只是說故事，倒是無所謂。」雙月沒有考慮太久就同意了。

他抿著快要上揚的嘴角，試探地問：「若是其他的要求呢？」

「其他的要求？」她望進那雙飽含深幽的目光中，眨了幾下眼皮，赫然領悟到它的意思。

「那麼這回就不只是上次踹那一腳的力道，而是戰鬥力為普通狀態一百倍的超級賽亞人。」

真是不管古代還是現代的男人，滿腦子都只想著那件事，在雙月的觀念中，雖然不反對婚前性行為，可是總覺得男女之間的感情要到達一個階段，再跨進這一步，才不會後悔。

更何況連心理上都還沒有做好萬全準備，就倉促的去做那件事，她不敢保證有辦法進行到最後，說不定還會適得其反，變成一場災難，再也不敢跟異性做親密的事了。

聽雙月這麼警告，薄子淮覺得左腿脛似乎又開始痛了。

「這個……超級什麼的也是漫畫裡頭的人物嗎？」他決定好好瞭解一下敵人的底細，才知曉該如何應付。

她噴笑一聲。「這個故事很長，也很複雜，你一邊吃我一邊說……」

薄子淮並沒有勉強她，即便想要雙月成為他的人，也不希望是在抗拒的情況之下得到她。

他要她心甘情願地投入自己的懷抱。

當薄子淮再度睜開眼，窗外已經大亮，也是第二天早上，想不到這一覺會睡上這麼久。

他穿上鞋子下榻，自己倒了杯水喝。

小全子在房外聽到屋裡的動靜，開口問道：「大人醒了？」

「進來吧。」薄子淮放下杯子。

外頭的小全子這才捧著洗臉水進來，雖然休息了一天，挨了十個板子的屁股還是會痛，走路有些吃力。

「要是真的不舒服就讓其他人來。」他沒有點破。

小全子趕忙回道：「奴才已經好多了。」

「小全子……」薄子淮低喚。

「奴才在。」他將洗臉水擱在盆架上，恭謹地回道。

「你家裡還有些什麼人？」突然發現從來沒問過。

似乎很驚訝薄子淮會這麼問，在今天之前，只要待在府裡，主子大多的時間都是在看書，除非必要，否則一天也說不上五句話，更別說與奴僕閒話家常了，小全子發現他最近真的變了，連表情也比過去豐富。

「奴才家裡有爹娘，下頭還有兩個弟弟和一個妹妹。」小全子如實地說。

「你進府多久了？」薄子淮將垂落在胸前的辮子甩到腦後。

「奴才十三歲進府，打從第一天起就開始伺候大人了，到今天已經過了四年又八個多月了。」小全子還記得剛開始伺候，老是出錯，這位主子雖然冷著張臉，把他嚇得直發抖，不過並沒有處罰他，而是不厭其煩地要自己一遍又一遍地重複到不再出錯為止。

他不由得失笑。「都這麼多年了。」

「奴才願意伺候大人一輩子。」這不是奉承，而是真心話，其實主子是面冷心熱，是個好人，也是好官，是小全子最崇拜的對象。

自己一向習慣由固定的人伺候，除非犯下大錯，否則是不會想去更換的。「待會兒打包一些出門要用的東西，明天一早要去常州。」

小全子一怔。「常州？」

「嗯。」薄子淮從巾架上取了條面巾來洗臉，昨日回來已經先告訴管事，讓他準備要用的車子。

「若是你身子不舒服，這趟路程就不用跟了。」因為是微服查訪，也不需要太多人。

聞言，小全子反應可激動了。「奴才當然要跟在大人身邊伺候了，而且昨日休息一天，已經好多了。」

「這回萬才也會跟去，不會沒人伺候的。」跟班是公門裡的官僕，原本就是跟進跟出，負責伺候他的。

「奴才可比他還要瞭解大人的習慣和喜好，再說萬才厲害的是他那張嘴巴，又哪會伺候人……」小全子已經雙膝一跪，就是生怕被主子丟下，一臉快哭出來的表情。「請大人讓奴才跟著……」

「真的沒事？」薄子淮皺起眉頭，儘管挨了板子的地方肉多，不過還是會痛上幾天，出門又是乘坐馬車，也得要坐得住才行。

「奴才真的已經沒事了。」他本能地摸了下屁股，然後用力頷首。

「……起來吧。」對於貼身小廝的忠心，薄子淮也並不是感受不到，只是過去總認為這本來就是理所當然的事，可是現在卻又有那麼一點不同，想要多去瞭解這些奴僕的想法。

聽見主子允許了，小全子總算破涕為笑。

「另外……雙月也會一塊兒去。」這是昨天睡著之前決定的。

薄子淮想到當時她正在說一個叫做《七龍珠》的故事，因為有人陪在身邊，有個聲音在耳畔說著話，讓他有種很溫暖的感覺，不似以往一個人躺在榻上，那般寂寞清冷，再說……他也不放心把雙月獨自留在府裡，這才是最重要的原因。

小全子臉上的訝異一閃而過，看來主子真的很喜歡雙月，才會連出門都要帶著她。「要奴才去告訴她嗎？」想到方才見到雙月，並未聽她提起這事兒，應該還不知情才對。

「我來跟她說。」他將面巾披回巾架上。

「是。」小全子拿下衣架上的長袍，伺候主子穿上。

待雙月端著早膳進門，薄子淮這才告知這個決定。

「要我跟你去常州？」她對這個消息感到錯愕。

讓小全子先退下，薄子淮才輕聲安撫。「常州距離這兒不算遠，只要帶幾件換洗的衣裳就夠了。」

「這樣啊……」來到清朝之後，雙月連大門都不曾踏出去一步，對外面的世界多少有些好奇，不過又想到這裡可沒有火車、高鐵或飛機，一定很不方便。

可是面對挑戰，又怎麼能逃走呢？

薄子淮見她面有難色，開口探詢。「不想跟我出門？」

「不是，只是有點突然。」她釋然地說。

「額娘或許會趁我不在府裡這段日子，找機會為難妳，甚至把妳賣了，所以我不能把妳留下來。」他道出心中的顧慮。

「我可以照顧自己的。」雙月不想成為任何人的包袱，到了最後嫌她煩，然後又被拋棄。

「我不放心。」他不能讓額娘有機會傷害她。

雙月因這短短的四個字，什麼話都說不出來了。

這也是自己的死穴。

因為她這人向來吃軟不吃硬，渴望著被人關心和呵護，只要有人願意這麼對待自己，便會加倍回報。

「好，我跟你去常州。」無論未來會發生什麼事，她都不會再逃避了。

第二章　出發

又過了一日。

天剛亮沒多久，雙月已經抱著簡單的細軟，當然還包括了放著2B鉛筆的藍色棉布收納袋，不管到哪裡她都習慣帶在身邊的。另外，小惜拿了一大塊碎花布過來，幫她將衣物等東西打包，然後綁上一個平結，因為經常在古裝戲裡看過，所以不至於太吃驚，腦子裡只有一個想法，原來電視上演的都是真。

「謝謝小惜姊。」雙月由衷地感激她。

小惜拉著她的小手。「這趟出門，妳可要好好抓住大人的心。」

「呃、嗯。」她乾笑一聲。「小惜姊……那個……在這個清朝……我是說在這裡當婢女的，是不是一輩子都擺脫不了這個身分？」

聞言，小惜輕嘆了口氣。「沒錯，就算妳跟了大人，成了侍妾，依然是個婢女，等將來有了孩子，雖然跟妳有血緣關係，不過在宗法上，和以後進門的夫人才是母子關係，甚至不能帶在自己身邊，要交給府裡的嬤嬤去帶，大人未來的正室才是主子，妳只是個婢女，可以使喚打罵，可還是得盡心盡力地去伺候她，看她的臉色，唉！這就是咱們的命。」

雙月的心直直地往下掉。

雖然三不五時看到一些豪門小開外面有私生子的花邊新聞，至少女方能夠選擇自己把孩子養大，要不要認祖歸宗或分財產是另外一回事，但是在這裡連孩子都不是自己的，甚至想離開都不行，一輩子都要困在這個牢籠裡頭，付出的代價實在太大了。

「我知道妳在想些什麼……」小惜安撫地拍了拍她的手背。「就算妳不是婢女，只是普通百姓，還是很困難，因為大人是漢軍旗人，這些所謂的旗人，只能與旗人相互通婚，這是一旦入了八旗，都得要遵守的八旗制度。」

「八旗制度？」雙月記得唸書時讀過。

小惜點了點頭。「其中又分為了滿洲八旗、蒙古八旗和漢軍八旗，可以享有普通老百姓所沒有的待遇，除非大人拋棄旗籍，不過就算他想這麼做，也是不可能的事，所以凡事都得照著規矩行事，不是想娶誰就可以娶誰。我也只知道這些，其他的妳可以去請教大人。」

原來是這樣，雙月更加明白那個男人的難處了。

他之所以處處講求規矩，不是自己要這麼做，而是真的非得這麼做不可。

「不過只要妳能跟了大人，又受到寵愛的話，就比咱們好命了，不用擔心會被轉賣給別人，要不就是隨便許給小廝或奴才，孩子長大之後一樣是奴才，所以妳就不要想太多了。」小惜連忙安慰地說。

「嗯。」雙月牽強地笑了笑。

原來在古代當婢女的命運比原本想像中的還要低賤，要是成了侍妾就更悲哀，這個認知讓雙月的心涼了一大截。

那天，是不是不該答應和薄子淮交往？

因為一旦交往了，就會不自覺地開始付出感情，那是再也收不回來的東西，就算之後分手了，還是同住在一個屋簷下，每天都見得到面，日子該有多難熬，更何況雙月也不是故意要讓他那麼為難。

「小惜姊，還有一件事……」這回換雙月握緊了她的手。「我不在的這段日子，如果老夫人把妳叫去問一些有關於我的事，妳就照實說沒關係，千萬不要為我說什麼好話，老夫人問什麼，妳就答什麼。」

想到小全子是個男人，被打了屁股都受不了了，何況是女人，雙月不希望任何人為了自己受罰。

小惜不明所以，只能點頭。

「妳千萬要記住，還有也幫我跟其他人說一聲，有什麼就說什麼，我不會介意的。」她鄭重地交代之後才離去。

待雙月心事重重地來到東面的院落，見到小全子，還是有些罪惡感。

「你……那裡真的不痛了？」她關切地問。

小全子摸了摸自己的屁股，跟昨天相比，幸好又消腫了些。「抹了好幾次藥，總算好多了，不然今天可出不了門。」

「那就好。」雙月這才放下心來。

他站在廊上左顧右盼的，還是不見主子的身影。「大人去跟老夫人辭行，只怕這一時半刻還回不來。」

「為什麼？」雙月隨口問道。

「大人身為兩江總督兼任兵部尚書，其中一項職責便是察舉官吏，因為擔心有人欺上瞞下，所以大人一年裡頭，總會出個五、六次門，到管轄的地方去探訪民情，不過老夫人可就不高興了，認為大人根本不需要親自出巡，別人當官可是輕鬆得很，油水又多，要大人多跟人家學一學，反正皇上也管不到這兒來……」小全子點到這裡為止。「總之就是這麼回事。」

「我懂了。」她對薄子淮這個男人也有了更深的認識，雖然知道他是好官，可是能做到這個地步，真的不簡單。

不過能有這麼個認真負責的好兒子，每個當媽媽的應該感到驕傲才對，反而叫他摸魚偷懶，真不明白這位老夫人到底是什麼心態。

小全子眼睛一亮。「大人回來了。」

「可以準備出發了。」一身藍色長袍，腰際繫著褡褳和荷包的薄子淮迎面走來說道。

雙月深吸了口氣，對這趟旅程既期待又有些緊張。

「……妳還帶了傘。」他覷了下一眼看起來精神抖擻的雙月，似乎很期待這趟旅程，連同自己的心情也跟著好轉了，不過見她手上除了細軟，還多了一把油紙傘，以為擔心路上會遇到下雨。

她也看了下手上的油紙傘。「這兩天外頭太陽很大，我想紫外線一定過量……」防曬的工作還是做一下比較好，當然另外一個用處是在半路上找不到廁所時，可以用來遮一下。

小全子一臉呆愣地看著她。

「呃，我的意思是說陽光很刺眼，所以想撐傘來擋一下。」雙月雖然相信小全子是個好人，不過讓他知道太多，說不定反而害了人家。

薄子淮雖然也同樣聽不懂那句話的意思，不過多半又跟未來的東西有關，有機會再問。「好了，走吧。」

於是，三人就這麼往側門的方向走去。

管事和幾個奴才正等在那兒，見薄子淮來了，便上前見禮。

「大人一路順風。」管事說著祝福的話。

他輕頷了下首，才要踏出側門，眼角卻覷見身後的雙月並沒有跟上，於是轉身詢問。「怎麼了？」

雙月有些敏感地察看四周，總覺得一直有人在瞪著自己，讓她很不舒服，可是找了半天又看不到人影。

「在看什麼？」薄子淮又走回來。

「沒事。」她搖了搖螓首。

「那就走吧。」他說。

待他們跨出門檻，就見外頭站著一高一矮兩個男人，原本正在說話，見到薄子淮出門，趕忙上前打千。

「給大人請安。」

「他們是誰？」雙月用手心捂著唇，小聲地問身邊的小全子。

「個子較矮的叫萬才，是在大人身邊辦事的跟班，身材高壯的那位則是督標營千總楊國柱，咱們就稱呼他一聲千總大人，大人每回出門都會讓他跟著一起去，這回又多了萬才。」小全子也小聲地介紹。

原來不止他們三個，還有這兩個人也要跟著去，雙月多看了那位楊千總和跟班萬才幾眼，除了府裡的人之外，她還是頭一回見到「外人」。

「大人請上車。」萬才殷勤地說。

薄子淮走向其中一輛車。「雙月就跟我坐這一輛，由楊千總來駕車，小全子，你坐後頭那一輛。」

「是，大人。」小全子應了聲。

已經呆若木雞的雙月則是站在原地無法動彈，她原本以為起碼是馬車之類的，卻沒想到拉車的是……驢子，或許應該慶幸還好不是牛。

「快上車吧。」薄子淮回頭說。

雙月指著左右各有一個輪子，車子上頭簡易地架著遮陽避雨的板子，四周通風的交通工具問道。

「就坐這個？」她有些傻眼了。

他不明所以地頷首。「我不想太引人側目，以往出門，距離近一點的都用步行，若遠一點的就坐這個，也許比不上妳所畫的那種叫做飛機的東西……」薄子淮還是無法想像人居然能在天上飛，太不可思議了。

「我只是有點嚇到而已……」雙月深吸了口氣，雖然比想像中的克難，還是要想辦法適應。「走吧。」

當她跟著薄子淮坐上了驢車，有些不太習慣的東看看西看看，就怕不牢固，走到一半就散了，而千總楊國柱則負責坐在前頭的位置上控制畜力，小全子則是坐在後頭那一輛，連同出門要帶的行囊，還有乾糧和乾淨的水也全都擺在那兒，由萬才來駕車。

就這樣，在管事以及幾名奴才的目送下，兩輛驢車就這樣緩慢地前進，終於離薄府大宅愈來愈遠了。

來到清朝將近四個月了，這還是雙月頭一回親眼目睹薄府外頭的景色，每一磚一瓦，甚至許許多多古裝打扮的路人，就像走進拍片現場，可是這些全是真正的歷史，還有未來的古蹟。

她真的在清朝。

這些相當古老的街景，以及走在路上的男女老幼，不是演員去假扮的，是歷史上真正存在過的無名氏，一個個都會呼吸，更是有血有肉的。

「現在是西元幾……」對了！清朝不是用西元來計算。

「什麼？」薄子淮一臉困惑。

雙月又歪著頭思索。「你的……曾祖母過世多久了？」雖然她歷史不好，數學也不行，不過鬼阿婆說等了她四百年，那麼用這種方式推算，應該可以大概知道現在是西元幾年了吧。

他疑惑更深。「我得回去查一查。」

「那麼現在到底又是誰在當皇帝？是跟韋小寶結為莫逆的那一個？還是原創小說裡頭最常當男主角的四四？或是還珠格格裡的那個皇阿瑪？」知道是哪一個，應該也會有個大概的範圍。

在今天之前，對雙月來說是一段可怕的混亂期，一心一意只想著如何生存，如何活下去，其他都不管，可是現在不得不去面對那些不肯去正視、總是用模糊的字眼帶過的年份，因為自己真的可能一輩子都得待在這個朝代了。

「妳到底在說什麼？」薄子淮有些哭笑不得。

聞言，雙月雖然盯著他看，不過卻好像不是真的在看他，腦中的混沌整個散去，完全「清醒」了。

「雙月？雙月？」他連喚兩聲。

「我是真的在這裡，不是在作夢，是真實地活在過去的歷史中……」走到了外頭，視野完全變寬了，才漸漸明白之前總像在霧裡看花，直到這一刻，終於完全認清現實，她是真真正正變成清朝歷史的一部分了。

聞言，薄子淮表情有些不豫，不喜歡雙月此刻的口氣和語調。「妳的確是在這兒沒錯，不過此刻還好端端地活著，不算是歷史。」

「可是對我來說，眼前的一切都是歷史。」雙月單純地說出自己的看法。

他正色地問：「那麼對妳而言，我也算是歷史了？」所謂的歷史就是表示過去，如果是人的話，自然就代表已經不在人世。

「就算你可以活過二十八歲，總有一天還是會死的，自然也會成為歷史。」她並不避諱的直言。

「如果真像祖奶奶所說的活不過二十八歲，妳會為我落淚嗎？」薄子淮想知曉雙月對自己的感情。

雙月怔怔地看著他。

「妳會為我傷心嗎？」他輕聲地問。

「……當然會了。」如果用盡一切努力，還是無法改變這個男人的命運，除了接受，還有不捨，又能怎樣。

「可是現在還不到最後關頭，所以我不會輕言放棄，不管到時你是因為生病，還是發生意外，都會想盡辦法讓你活過二十八歲。」在經歷過二小姐的事之後，雙月告訴自己凡事但求全力以赴，然後坦然面對最後的結果，無論情況有多壞，至少不要有一絲遺憾。

薄子淮望進她神采奕奕的大眼中，不過才十六、七歲，卻有著其他同齡女子所沒有的韌性，以及不肯服輸的脾氣，那是經過多少歷練和淚水才會有的，而非與生俱來。

他真的想要知道雙月究竟經歷過什麼遭遇，才有擁有如此強韌堅毅的個性，而這些特質，更是令自己心動的原因。

「我比妳年長十歲，若還得要靠妳，那也太沒用了。」他自我調侃地說。

雙月先是一愣，然後噗哧地笑了。

「我說錯了嗎？」薄子淮回頭審視自己的話，並不認為有不對之處。

她一臉笑不可抑，用手心半掩著唇，把說話的音量降低。「我還是跟你老實說好了，我只是看起來年紀很小，其實……已經二十了。」

「二十？」他愕然。

「嗯。」雙月點頭強調。

薄子淮過了片刻才反應過來。「可是賣身契上不是這麼寫的……」

「那就要去問鬼阿婆……不是，是大人的曾祖母了，說不定她真以為我才十六、七歲，要是知道我的真實年紀，一定也會大吃一驚。」長相是天生的，可不是故意說謊。

聽完，薄子淮冷不防地朗聲大笑。

坐在前頭駕車的楊國柱不禁訝異地回頭，心想他還是頭一回見到制台大人大笑的樣子，而且笑得這麼開心，不由得多看雙月幾眼，原以為只是個普通婢女，可是見兩人在身後喁喁細語的親暱模樣，雖然對話的內容聽得不是很真切，不過笑聲可假不了，看來不是原本所以為的。

「有什麼好笑的？」雙月瞅了駕車的楊國柱一眼，要不是有他在，她會馬上給薄子淮一腳。

「小聲一點……」

他從未像此刻這般大笑過，心胸彷彿整個敞開了，費了一點力氣才勉強止住笑聲。「恐怕管事也不會買下一個已經二十歲的老姑娘……進府為婢了……」

「二十歲哪裡老了？」雙月還是頭一次被人這麼說。

「一般閨女到了這個年紀，早就嫁人生子。」他解釋地說。

她想一想也沒錯，古人都很早婚。

「在未來的世界裡頭，女人到了三十歲還不出嫁的很多，甚至也有一輩子都不嫁人的，因為女人可以工作，不需要靠男人養。」雙月可不認為只有結婚這條路可以走。「甚至……」

薄子淮希望她能說出心裡話，於是追問。「甚至什麼？」

「甚至拒絕當小三。」她正色地說。

就算兩人目前正在交往中，雙月已經明白中間卡著「婢女」這個身分，是不可能成為一名清朝官員，甚至是旗人的元配，而這和自己的婚姻觀相互違背，想要突破這層阻礙，更是不可能的任務。

她不想連試都沒試過就放棄，想說總會有辦法解決的，如今才明白這不過是在自欺欺人，可是沒有經過努力就承認失敗，一點都不像她的個性，也很不甘心。

所以雙月決定趁一切還來得及，先跟他好好溝通。

「小三？」又是薄子淮從未聽過的字眼。

她用兩人才聽得見的音量說明。「就是一夫一妻之外的第三者，在這裡，只要有錢有勢，男人可以三妻四妾，可是在未來，卻是犯法的，而破壞別人婚姻的女人更是不被社會所容許，所以我拒絕當小三，更別說小四或小五了。」

聽了這番話，薄子淮有些愕然。

「我倒是沒想到『未來』會變得如此……不可思議。」一時之間，他找不到更適當的辭彙。

雙月佯裝輕鬆的口吻笑問：「現在大人還想繼續跟我『交往』嗎？」

「連一個都無法接受？」薄子淮從不認為齊人之福就真是福，不過有些事非他所能決定，好比之前奉了母命所納的兩名小妾就是一個問題。

「如果是呢？」她不想騙他，更不想騙自己。

薄子淮俊臉一整，有些無法理解。「即使妳已經跟了我，也不能接納別的女人的存在？」

「那是因為……」雙月艱澀地說：「我更愛我自己。」

他無法領悟這句話的意思。

「從小到大，身邊的人沒有一個是真心愛我的，包括生下我的……娘親，所以我發過誓，要更愛自己才行。」她昂起下巴，看似強硬的眼神，只是更加突顯內心的傷痕累累。「所以就算我真的愛上你，也不會為了你犧牲自己的權益，更不會勉強自己去做不想做的事。」

這還是第一次聽雙月提起自己的私事，卻讓薄子淮感到心疼和……震懾。

原來藏在她心裡的秘密是如此痛苦，才會讓雙月說不出口，只能用說故事的方式來傳達，薄子淮終於有些懂了。

可是雙月的想法又是多麼離經叛道，既然決定跟了這個男人，就應當為他付出所有，又何來的犧牲？何來的勉強？

「你可以重新考慮交往的事，隨時可以中止，我不會怪你的。」她不是那種因為分手就哭哭啼啼的女人。

薄子淮凝睇著那張在陽光斜照下的明眸皓齒，白淨的娃娃臉幾近透明，整個人恍若要憑空消失似的。

他心口一跳，下意識地握住雙月的小手。

被這個突來的舉動嚇了一跳，不過雙月並沒有立刻把小手抽走，任由他握著，似乎在不知不覺中接受這樣的肢體碰觸。

「……讓我仔細想一想。」薄子淮把她的小手握得更緊，心想那塊琥珀已經被自己收妥，應該不會突然不見才對。

「好。」雙月感覺到手上的力道，不禁心軟了。

「額娘那兒我也會想辦法。」他安撫地說。

她聽了只是笑了笑。「為什麼你都叫額娘，就算是旗人，應該也算是漢人吧。」雙月已經困惑很久了。

「只要是在八旗制度之下，漢軍旗人一律稱為旗人，和稱為民人的普通百姓做出區隔，而以『旗』為主……」薄子淮簡單地說明。「因為漢軍旗人長期和滿洲旗人共居，總會受到一些影響，加上我奶奶又是滿洲旗人，便照著她原本的習慣去稱呼，自然而然都這麼叫了。」

「那麼旗人一定要娶旗人嗎？」這才是雙月真正想問的。

薄子淮登時語塞了。

旗民不能通婚這個規矩，是衝不破的藩籬，不過就算無法讓雙月成為正室，他也只要她一個。

「……」她知道這等於是默認。

兩人都不再說話了。

這趟路程究竟會為他們帶來什麼樣的轉變？

或許誰都無法預料。

常州

待一行人來到湖陽縣，已經是半夜，便在運河畔的客店休息。

等到天亮之後，眾人簡單的用過飯菜，薄子淮便決定採用步行的方式，在縣境內四處走動。

雙月望著運河上的大小船隻，雖然沒有現代化的設備，卻洋溢著古老的氣息，真希望手上有相機，可以將這些畫面一一捕捉下來。

「覺得如何？」薄子淮來到她身邊，希望雙月喜歡看到的美景。

她微微一笑。「真的很漂亮，就好像在博物館裡欣賞一幅幾百年前的畫作。」所以更希望「長腿叔叔」也能看到。

「這不是在畫裡。」他希望雙月不要再用這種看待「歷史」的口吻和眼光，而是正視自己身處在何地。

「我當然知道。」雙月失笑地說。

薄子淮卻不認為她心裡真的清楚，可是一方面不想逼得太緊，另一方面也不知該如何改變雙月的想法。「走吧。」

一行人又往前走。

只見花市街上鱗次櫛比的梳篦鋪子和作坊，路邊更有賣著小吃和雜貨的攤販，相當繁華熱鬧。

看著走在前頭的薄子淮，跟班萬才嘆了口大氣，先前幾次大人都只帶著小全子和楊千總出門，這回總算見識到什麼叫微服私訪。

「堂堂一個兩江總督，凡是外出巡視皆有儀仗，大人只要坐在官轎內，讓人鳴鑼開道，威威風風的，偏偏就是喜歡挑最辛苦的方式，也不嫌累。」萬才總希望能沾一下主子的光，神氣神氣。

楊國柱朝他哼了一聲。「你懂什麼？制台大人這才叫做官，要是真的擺了儀仗，這官威逼人，中間還隔了一層『抬轎子』的，老百姓都不敢靠近了，又該如何探訪民情？制台大人能夠破除官場上的排場，實屬難得。」

「是、是，千總大人罵得好。」萬才見他好歹也是個六品武官，自然不敢得罪，趕忙笑著附和。

雙月又低聲詢問小全子。「他們在說什麼？」

「意思就是說大人只要外出皆有儀仗，也就是『八座之儀』，前面有小紅亭為前導、次為避雨之用的紅傘、接著障日之用的綠傘，及鳴鑼者四人，其後再有人持著『肅敬』、『迴避』的木牌及官銜牌，然後皂役四人，一路呼喝不絕，再後面還有頂馬、提香爐的四人，然後才是大人乘坐的綠圍紅障泥大轎，由四人抬之、四人左右扶之，轎後還要跟著二人二騎……」

小全子說到這兒，雙月早就聽得頭暈腦脹。

「萬一真有百姓想要鳴冤陳情，大人卻是前呼後擁、清場開道，別說靠近了，早就先被那些皂役斥喝責打一頓。」他一口氣說完。

她大致瞭解意思了。「總之就是擔心排場太大，反而聽不到百姓的聲音，所以大人才會微服出巡。」

「沒錯。」小全子點頭如搗蒜。「大人就是不喜歡擺那些儀仗，好像生怕別人不知道他是個官，所以一向是輕車簡從，這回出門，因為多了妳，所以才用上兩輛車，也讓萬才跟著去。」

雙月不禁望向前頭不遠，正在和路邊賣傳統小吃的攤販交談的男人，願意主動親近百姓，傾聽民意，難怪大家會說他是個好官。

這麼想著，雙月便不由自主地走向他。

「……只要能養活一家子，辛苦倒是不打緊，就怕縣太爺有事沒事就叫衙役來趕咱們這些做小生意的走，連餬口都沒辦法。」攤販吁嘆地說。

薄子淮狀若無事地說：「可是我卻聽說這位縣太爺把湖陽縣治理得有條有理，所以才跑來這兒找做生意的門路。」

「老爺是打外地來的，可就有所不知，咱們縣太爺是不管事的，都是縣丞一肩扛下……」於是，一股腦兒的說出湖陽縣百姓們的不平之音。

他從錢袋裡取了幾個銅錢出來。「聽來這位縣丞倒是能幹。」

「也多虧有他在，否則咱們也不能安心營生。」攤販馬上俐落的包了好幾個豆齋餅，接過銅錢。「多謝老爺。」

「嗯。」薄子淮接過豆齋餅，已經問到想知道的事了。

離開了攤位，他將手上的豆齋餅分給雙月和其他人，然後就跟百姓一樣，很隨興地邊走邊吃。

雙月也拿了一塊在手上，本以為他這趟出門只是例行巡視，順便出來遊山玩水的，原來是有目的。

「其實你是想要打聽這位縣太爺在百姓心目中的評價對不對？」她想到古裝戲裡也經常有這種橋段。

「讓妳看出來了。」薄子淮眼中閃著笑意說。

她揚起唇角，有些得意。「那是當然，我的想像力可是很豐富，光聽你們的對話就猜得出來。」

「現今官場上相當多人靠著『拜乾親』來拉攏關係，這位湖陽縣知縣就是其中之一，就因為他認了江西巡撫為乾爹，有他當靠山，連常州知府都不敢動他，除非能夠舉出不適任知縣的證據，否則就連我也有諸多顧忌。」就因為常州距離江寧很近，只要稍有動靜，就會打草驚蛇，所以才會臨時決定走這一趟路，好讓對方來不及防範。

「寧可得罪君子，也不要得罪小人，你這麼做沒有錯，既然這個縣太爺做得不好，當然要換人當，不然受苦的可是百姓。」雙月咬了一口呈金黃色的豆齋餅，裡頭還包著餡料，口感樸實，很有古早味。

薄子淮眼底笑意更深，很高興聽到她這麼說。

「……不管是現在，還是未來，都應該讓那些當官的人知道，是老百姓每年繳的稅在養他們，不要以為當了官就很了不起。」雙月忿忿不平地說。

「本部堂會謹記在心。」連自己都被她罵進去了，不過薄子淮卻不生氣，反而贊同這種想法，再說一名年輕姑娘能有這番見解，相當難能可貴，這也是他欣賞雙月的地方。

她噴笑一聲。「嗯，大人明白就好。」

兩人在前頭有說有笑的，跟在後頭的人倒是面面相覷。

「小全子，制台大人跟這個叫雙月的婢女……」楊國柱憋不住，還是問出心底的困惑。

萬才也是頭一回見到主子跟個婢女這麼親近，儘管沒有任何曖昧的舉動，但是明眼人都看得出兩人之間的關係非比尋常。

「難道是大人的侍妾？」如果只是個普通婢女，就不會帶她一塊兒出門，有他和小全子伺候就夠了。

「呃……這該怎麼說才好？」他很難去形容，說是侍妾，八字又還沒一撇。「總之一句話，雙月很討大人喜歡就是了。」

楊國柱和萬才不約而同地點頭。

於是，一行人在花市街內四處觀賞，經過一間梳篦鋪外頭，薄子淮便帶著雙月進了鋪子內。

「看看妳喜歡哪一把？」他問。

聞言，雙月順手拿起其中一只髮篦，在骨樑上雕刻花卉，應該不便宜，平常也只有漫畫和更新電腦設備能讓她捨得花大錢，對名牌並不感興趣。

「我有梳子了。」東西可以用就好，不需要再花錢買。

店家見到有客人上門，掛起職業笑容上前招呼。「咱們鋪子裡賣的梳篦，可比其他家來得質地堅韌、外型又美觀，雕工和嵌工更是一流，老爺不妨買來送給家中的夫人，或是心儀的對象。」

「咱們隨便看看，不必招呼了。」薄子淮搖著紙扇說。

打量著眼前的男客人，雖然穿著一般，不過氣質談吐不俗，店家可不敢怠慢了。「是、是，您慢慢看。」

見雙月將手上的髮篦放回原位，薄子淮以為她看不上眼。「不喜歡嗎？那麼妳喜歡哪一種的，讓店家來介紹？」

「不用了。」她搖頭拒絕。

「姑娘不要客氣。」店家很快地瞅了雙月一眼，原本還以為只是個普通婢女，看來還很受寵，於是換上熱絡的笑臉。「小的再去拿其他的出來……」

話才這麼說著，店家已經掀了布簾進到後頭，然後捧了一只木盒出來。「姑娘再瞧一瞧，這些都是嵌上銀絲、珍珠，做工精細講究，是咱們店裡的師傅特地打造的，連知縣大人的夫人見了都愛不釋手。」

薄子淮不著痕跡地拿起其中一把，沈吟了下。「連知縣大人的夫人都喜歡，這倒是有意思。」

接收到他投來的視線，雙月馬上意會過來，順勢演下去。

「這一把不錯。」她雙眼發亮，拿起嵌著珍珠的髮篦。

他一派大方地問：「妳喜歡？」

雙月面有難色地嬌嗔道：「可是看起來很貴……」

「只要喜歡，我通通買給妳。」薄子淮柔聲地說。

聽他這麼回答，雙月不小心想到一個父子廣告，被戳到了笑點，不禁噗哧一聲，幸好及時用手捂住嘴巴，才沒讓口水都噴在髮篦上頭。

薄子淮臉上頓時出現三條黑線，心想他明明說得深情款款，儘管有一部分是刻意講給店家聽，好套出更多內幕，但是只要雙月喜歡，他也很願意買下來送給她，不禁納悶她為何笑成這副模樣。

而店家也用奇怪的表情看著舉止怪異的雙月，見她愈笑愈誇張，不僅蹲下了身子，還猛搥著地面，有些傻眼，該不會腦子有問題吧。

「咳。」薄子淮清了清喉嚨，讓店家回過神來。

「公子是來做生意的？」生意要緊，店家趕忙搓著兩手陪笑。

「昨天才剛上了岸，所以先四處走一走……」薄子淮口中回答著，兩眼斜睨一眼還蹲在地上笑得停不下來的雙月。「還打算求見知縣大人，又不知他喜歡什麼，正在頭疼。」

店家笑瞇了眼。「那麼就不瞞公子了，咱們這位縣太爺的夫人就是喜歡收集這些髮篦，愈特別愈好，只要巴結了她，縣太爺那兒就好疏通，再大的事也能化小，小事也能化無。」

「有這回事？」薄子淮口氣很淡。

「咳，咱們縣太爺可是有名的懼內……」店家說得很小聲。

他頓時了然於心。

過了片刻，薄子淮和雙月走出了髮篦鋪，就見店家一臉錯愕地目送他們的身影離去，不明白煮熟的鴨子怎麼飛了。

雙月笑睇著手上的木梳，還是店裡頭最便宜的。「用這點小錢來換取情報，也算是值得。」

「本來可以問更多的，這又是誰的錯？」如果她不要笑到爬不起來，薄子淮也不會急著離開。

她又想到那個廣告臺詞，再度摀住小嘴，笑到肩頭顫抖。

「對、對不起……」真的很想笑，雙月只能道歉了。

見兩人終於走出店外，等在外頭的楊國杜等三人便圍了上去，讓薄子淮來不及多問。

薄子淮清了清喉嚨，只好等晚一點再說了。

「走吧，再到前頭看看。」

當晚——

夜裡的花市街，每一家店鋪外頭都掛起宮燈，經常是徹夜不滅，晶瑩閃爍的彩燈映照在運河上，與岸邊的船上燈火相互輝映，宛如一條金色遊龍。

薄子淮讓其他人留在客店，只和雙月一起出門。

「甘棠橋頭對鼓樓，木梳篦箕擺首頭；源源客船運河來，都在花市靠碼頭……」幾個年幼的孩子一面手舞足蹈的，一面唱著歌謠，蹦蹦跳跳地經過他們身邊，差點就將兩人衝開。

見狀，薄子淮連忙握住她的小手。「人這麼多，可別走散了。」儘管是晚上，依然遊客如織。

雙月也很自然地回握，對於這隻帶著薄繭的有力手掌不再排斥，可是也僅止於這個男人。

「為什麼不讓小全子他們也跟來？」

「不方便。」他直接地說。

她有些疑惑地看向他。「什麼事不方便？」

「像這樣拉著手，有他們在不方便。」在下屬和奴才面前，薄子淮還是要顧及身為長官和主子的顏面，可是在不認識的路人面前則就無所謂了。

驀地，雙月停下腳步瞪著他，口中低喃著：「壞掉了，真的壞掉了……」

「什麼壞掉了？」薄子淮眉心打了個結。

「你啊。」

「我很好。」他眉頭又多了個結。

「說話變得這麼噁心，哪裡好了？」她嗔怪地問。

「……」薄子淮面頰抽搐。

雙月見他說不出話來，於是抖著嘴角，努力壓下唇畔的笑意。「不過我喜歡你這個樣子。」

原本應該不高興，應該對她板起臉孔，可是又聽雙月這麼一說，薄子淮什麼怒氣也都消了。

「無話可說了？」雙月打趣地問。

他在怒氣消褪之後，胸口還是有些悶悶的，像是被什麼堵著。「『未來』的人都是這麼說話的嗎？」

「你不喜歡？」雙月心想他要是真的不喜歡，往後也只好少這麼說，這是自己最大的讓步了。

可是二十年的習慣很難一下子改變，更何況只有他們兩個人，連說話都要這般拘束，沒有自由，雙月真的很討厭處處受到限制的感覺。

薄子淮口氣頓了一下。「我不是這個意思。」

「那麼是什麼？」她反問。

「因為我可以從中感受到妳想回去的意念有多強烈。」這才是讓薄子淮最不安的地方。

雙月一怔。

「我說對了是不是？」他正色地問。

「沒錯，我是真的很想回去。」她不想說謊。

「連我也無法留住妳？」薄子淮有些著惱地問。

以為只要對雙月好，就能夠得到她的心、留住她的人，難道這些還不夠？他實在無法理解。

「在這個朝代，男人只要看上一個女人，就可以讓她屬於自己，而女人也仰賴男人生活，不需要有太多意見和想法，也不能計較名分，我說的對不對？」雙月抬起頭直視他問道。

儘管四周可以說燈火通明，但是依然比不上白晝的亮度，薄子淮的表情看得有些不太清楚，不過她也猜得出必定繃著俊臉，想要用眼神看穿自己。

「沒錯。」薄子淮眉頭皺得更深。

確實是如此，可是自己跟其他男人的想法並不一樣。

他只要她一個。

即使無法給予正室的地位，也只想要她一個女人就夠了。

「所以說我和你不只出生相差好幾百年，連價值觀也完全不一樣。」她一點都不驚訝這個回答。

「在這裡處處講究身分地位，婢女好像不被當人看待，不只讓人瞧不起，要打要罵都隨主子高興，而且還求訴無門，當初你的曾祖母帶我到清朝來，如果一開始就是當個『小姐』，不管是幾品官的女兒都好，也許就沒有這麼多問題存在，不用這麼煩惱了。」所以全都要怪鬼阿婆。

雙月可以感受到小手幾乎被男人的大掌整個包住，對方的體溫不斷傳來，只是手與手能夠緊握，但是心呢？

他們的心還是距離好遠。

彼此之間的羈絆根本禁不起考驗。

兩人一起走上石拱橋，各懷心思地望著河面上閃爍的燈影。

「我可以不娶正室，這輩子只要妳一個。」薄子淮鄭重允諾，一旦開口，就絕對會做到。

聞言，她並沒有因此受寵若驚，只是澀澀地一笑，不認為事情真能如他嘴巴上說的那麼簡單，至少老夫人那一關過不了。

可是聽見薄子淮這麼承諾，還是忍不住怦然心動，她真是沒用，只要一句溫柔的話語就可以使自己動搖，不想再去用理智分析，而是天真的去相信這個男人一定能夠做得到。

「……在這之前，還是先想辦法讓你活過二十八歲，不過生死這種事誰也無法預測，那麼至少趕緊傳宗接代。」一想到他之前納的兩名小妾，便是現成的人選，萬一薄子淮在尚未迎娶正室、生下嫡子之前就遭逢不幸，起碼還有庶子在，不至於真的無後，這是沒辦法中的辦法了。

即使心裡再不願意，雙月也不想因為無聊的嫉妒心而忘了答應鬼阿婆的事，還是先幫薄家度過這一道難關再說。

「既然妳也這麼認為，只要從了我，便可以為薄家生下子嗣，就不用擔心無後了。」他只想要自己喜歡的女人所生的孩子。

一旦雙月成了他的人，又有了孩子，那麼便會死心塌地的跟著自己，不會再想回到未來了。

雙月慢了好幾秒才意會過來，默默地抽回小手。

「妳不肯？」薄子淮微惱地問。

她迴避薄子淮的目光。「這不是肯不肯的問題……」

「那麼是什麼？」他質問。

「我……還沒有辦法……」雙月實在說不出口。

儘管已經不再排斥與薄子淮牽手，甚至是擁抱了，可是面對「性」這件事，雙月還是有種無法抹滅的抗拒。

「爸爸這麼做是因為疼妳愛妳……」

「只要乖乖聽話，爸爸會對妳很好……」

雙月只要想到那個男人所做的事，到現在都無法淡忘。

她緊抿著唇瓣，勉強嚥下噁心和憤怒的衝動。

薄子淮咄咄逼人地問道：「把理由告訴我。」

「……已經很晚了，該回去了。」雙月很不高興像這樣被人質問，就像繼父請來的律師，一味地指控她在說謊，連媽媽也說她是個壞孩子，想要用說謊的方式來博得大人的注意。

「這是拒絕？」他冷凝著俊臉，怒瞪著她。

「……是。」她把心一橫地回道。

既然雙月已經擺明了不願成為自己的女人，那麼再爭論下去也沒用，男人的自尊心不容許薄子淮再一次低頭。

於是，他抽緊下顎，往客店的方向走。

雙月眼圈刺痛地看著走在前頭的男性身影，雖然男女之間交往，難免會有爭執或意見不合，可還是很受傷。

一定要發生關係，成為他的女人，才能證明自己的心意嗎？

難道她這麼努力地想救他，以及幫助薄家，做得還不夠多嗎？

彼此之間觀念上的衝突又該如何調適？

看來光只有喜歡是無法走下去的。

第三章　冷戰

一行人在湖陽縣總共待了三天。

第四天早上，兩輛驢車又要準備上路了。

「大人，奴婢去坐後面那一輛車。」雙月昂起下巴，無畏地說。

想到連著兩天，和薄子淮的關係降到冰點，不只連看都不看她一眼，更別說開口講上半句話了，兩人似乎又回到最初的相處情況，雙月真的無法再忍受這種沈悶氣氛，只好眼不見為淨。

聽見她連跟自己坐同輛車都不肯，薄子淮的臉色像是罩了層冰，冷峻到了極點，一聲不吭，只是垂眸瞪著雙月。

雙月迎視他冰冷的目光。「大人不說話，奴婢就當作是默許了。」

聽她又把稱謂加上去，看來當真要跟自己劃清界線，薄子淮眼神的溫度愈來愈低，可以凍死人。

「那麼奴婢去跟小全子坐了。」說著，雙月已經有了動作。

無端被扯進去的小全子有些緊張兮兮地打量主子的臉色，雖然面無表情，不過依他的經驗，可是氣得不輕。

過了片刻，薄子淮才坐上驢車，吩咐駕車的楊國柱，可以出發了。

於是，楊國柱也只能搔了搔腦門，讓在前頭拉車的驢子緩緩前進，畢竟男女之間的事，不是外人可以插手的。

在小全子身邊坐下，雙月心裡並沒有因此好過些，反而很想哭。

她錯了嗎？

不！她沒有錯。

男女雙方的想法無法達成共識，那麼注定要走向「分手」這條路，長痛不如短痛不是嗎？或許他們真的不適合。

小全子吶吶地問：「妳跟大人……發生什麼事了？」原本都還有說有笑的，直到前天開始就怪怪的。

「沒什麼。」雙月不想抱怨給別人聽。

坐在前面駕車的萬才回頭朝她一瞥，語帶嘲弄地說：「妳只是個婢女，可別因為大人寵愛，就忘了自個兒的身分了。」

雙月苦笑道：「我沒有忘。」

是啊，她只是個婢女，怎麼可能忘記？

就算是在現代，當個清潔工，或是幫傭，還是一樣可以抬頭挺胸，因為享有的自由和人權跟其他人一樣，不像在這裡，得要這麼卑微和屈辱。

「你這句話是什麼意思？」小全子不由得為她打抱不平，忍不住和萬才起了口角。「雙月才不會因為仗著大人寵愛，就瞧不起人……」

她搖了搖頭。「算了。」

其實萬才說得並沒錯，就因為是個「婢女」，再怎麼受主子寵愛，也改變不了原有的身分。

小全子也忍不住規勸坐在身邊的雙月。「因為大人喜歡妳，這回才破例帶妳出門，就連言行舉止上也諸多的縱容，所以妳更要好好地伺候，讓大人這趟路程開開心心的，這可是妳的責任。」

「我知道。」雙月擠出笑容說。

其實剛開始對於當「婢女」相當不滿，可是想到來清朝的目的，這個身分或許是最方便，也是最不會引起注意的，多少還可以接受，為什麼現在卻是愈來愈忍無可忍？

雙月心裡很清楚只有一個原因，那就是自己真的喜歡上薄子淮了，因為喜歡這個男人，才想要光明正大的和他交往，甚至將來若真的在一起，也不想像個見不得光的小三。

她深深地嘆了口氣，觀念上的差異，造成這幾天的冷戰，難道是自己奢求太多？因為喜歡上一個男人，就得要放棄自己的道德感，以及對婚姻的信仰，只能委曲求全？

難道為了跟喜歡的男人在一起，就得要認命，即使當個侍妾也無所謂？雙月在心裡大聲地問著自己。

這到底算什麼？

自己犧牲原有的生活，所有的努力都化為烏有，然後來到清朝，就只為了當個男人的侍妾？

這就是她往後的命運嗎？

為什麼她得為了一個男人，將自己的尊嚴踩在腳底下，任由別人踐踏？

只因為她喜歡薄子淮？

這真是太不公平了。

雖然有人說愛情沒有公平和對錯可言，也許別的女人為了喜歡的對象可以奉獻一切，甚至為對方而死，但雙月就是做不到。

而在此刻，不只雙月內心交戰，薄子淮何嘗不也陷入掙扎。

薄子淮可以十分確信雙月對他並非無心，既然如此，為何就是不願從了他？是因為還想著回去的事？或者希望得到名分？

不是他不願給雙月正室的地位，而是禮教宗法不允許，加上又是旗人，更是嚴格講究，那是薄子淮無法去為她極力爭取的主要原因。

他都親口允諾除了她之外，不會迎娶正室，難道這樣還不夠嗎？

她到底還要什麼？

想到這兒，薄子淮有些頭痛欲裂，不得不一手支腮，閉眼假寐。

而兩輛驢車就在他們低落的情緒下往前走。

由於這趟出門最主要的目標是湖陽縣，接下來的行程便是隨興而至，沒有固定的路線。

於是，一行人來到金匱和荊谿兩地，分別作了短暫的停留。

只見薄子淮在市井之間走動，偶爾在路邊的茶棚內喝茶，或是親切地和在田裡工作的農夫攀談，甚至和坐在門前的老人促膝閒聊，完全不擺架子和官威，也沒人知曉他的真正身分。

「……大人的腳都不痠嗎？」萬才已經窩在牆邊歇息了。

喜歡跟他唱反調的小全子哼了哼。「才走這麼一段路就不行了，真是沒用！」

「你……」

見他們又快吵起來了，楊國柱板起臉孔說：「你們少說兩句！」

萬才總算乖乖地閉上嘴巴。

而始終默不作聲的雙月看著前頭不遠的男性身影，此時一個兩、三歲的孩子跑過薄子淮身旁，不小心跌倒了，痛得哇哇大哭，他趕忙伸手將孩子從地上扶起，似乎在說些安慰的話語。

過沒一會兒，孩子的娘過來跟他道謝，然後把孩子牽走了。

眼前平易近人、不見半點冷漠的薄子淮是平日看不到的，似乎離開了江寧、離開了老夫人的眼皮子底下，才有辦法見到他這真正的一面。

她真的很喜歡這樣的他。

這個想法讓雙月心裡更難受了。

當自己一天比一天喜歡薄子淮時，內心就會愈掙扎、愈難捨棄，可是要雙月接受那些不堪和無理的要求，又是萬般不願意。

就這樣過了五、六日左右。

一行人又再度啟程。

雙月看著走在前頭的驢車，想到連著好幾天都沒有和薄子淮說上一句話，兩人形同陌路，真不知該生氣還是後悔。

她並不想把關係鬧到這麼僵。

冷戰的滋味真是不好受。

「我是不是該找機會過去跟他說話？」雙月在口中咕噥。

如果自己都主動了，那個男人還是不肯理她的話，就不必再拿熱臉去貼人家冷屁股，以後他就當他的主子，她做她的婢女，互不相干。

好歹要有人先釋出善意，化解尷尬。

雙月不介意先讓步，就算無法再交往下去，至少……還可以當朋友，她不希望以後和薄子淮像見到仇人一樣，那樣日子有多痛苦？

直到過了午時，兩輛驢車就停在江陰縣邊境休息。

楊國柱先把兩匹負責拉車的驢牽去吃草，小全子和萬才則是將事先預備的乾糧和乾淨的水拿下車，來到樹蔭下，先伺候主子用膳。

「大人請用。」萬才將捧在手中的乾糧遞上。

隨意坐在草地上的薄子淮伸手接下。「嗯，你們也去吃吧。」

「小的先伺候大人用膳。」萬才笑得很奉承。

「哼。」小全子輕嗤一聲，就是看不慣他背地裡埋怨，在主子面前又換張奴才嘴臉的態度。

兩人誰也不讓誰的互瞪著。

薄子淮也由著他們，眼角不禁瞥向坐在不遠處的樹蔭下、一個人靜靜啃著乾糧的雙月，經過了這麼多日，他氣也早就消了，只是拉不下臉來跟她說話。

就算雙月真的拒絕了他，他還是無法死心。

他承認雙月的想法確實與現今這個朝代的女子有著相當大的不同，可就正是因為這些與眾不同的個性吸引自己，如果她不再是她，又如何對她動心？

就因為……雙月是獨一無二的。

而這輩子，他只要她一個。

無奈兩人之間的問題還是無法獲得解決。

他們都有著自己的堅持和想法，以及難以改變的現實問題，不是誰讓步就行的。

薄子淮心裡很清楚，若他今日是平民百姓，當然可以給她想要的名分，偏偏他無法為雙月棄官而去，甚至出旗為民。但不論是棄官而去，或是出旗為民，都是為了兒女私情，而不是為了百姓，皇上更不會恩准。

薄子淮想到自己接下兩江總督這個官職，其實心裡是興奮而期待的，因為可以更加貼近百姓的生活，可以大展抱負，而不是只顧過著優渥的日子，卻無法瞭解老百姓的需要，他真的希望能用自己的力量為他們做些事。

在薄子淮苦惱之際，雙月已經來到他面前，劈頭就說：「奴婢有話要跟大人說。」

還是小全子機靈，馬上拖著萬才離開，不要打擾他們說話。

「你做什麼？」萬才扯回袖子低嚷。

小全子瞪了一眼。「咱們別在那兒礙事。」

「只不過是一個婢女……」他可不希望大人為了個卑微丫頭神魂顛倒，還是快點娶個門當戶對、能有助於仕途的女子為妻，自己也能比現在更神氣。

「你懂什麼？」小全子罵道。

萬才馬上回敬，兩人在那一頭吵了起來。

而在這一頭，氣氛還是有點僵。

「……要跟我說什麼?」薄子淮冷聲地問。

他不是故意用這種無動於衷的口吻說話,只是對於雙月要說的話,他有些緊張、有些期待,還有些防備,才造成語氣如此僵硬。

雙月真的火大了。

自己都主動開口了,這個男人的口氣就不會溫和一點嗎?是不想聽她說,還是怎樣?

本來想主動跟他和好的,雙月現在又不想說了。

「沒事。」說完,她便轉身走開。

薄子淮頓時愣住了。

或許他們之間的默契沒有原本以為的那麼好,無法光靠眼神就能看透對方的心思。

他只能眼睜睜地看著雙月悻悻然地踱開。

「……雙月,妳剛剛不是有話要跟大人說?」小全子還以為她決定放低姿態,先去求和。

她嬌哼。「有嗎?」

萬才一臉輕蔑地說:「只是個微不足道的婢女,架子還恁是大,可別等到失寵了,再來一哭二鬧三上吊。」

「我不會做出那種事。」雙月昂起下巴,傲然地說。

他嘖的一聲。「骨氣可不能當飯吃,還是先認清自個兒的身分。」

每個人都要她認清身分，可就是因為認清了，她才會這麼痛苦。

這些人到底懂不懂？

雙月有股想要大叫的衝動，全是那個男人害的。

這麼想著，她不禁惡狠狠地瞪了薄子淮一眼，似乎感受到雙月不善的眼神，他也跟著望了過來。

兩人的目光在半空中交會，擊出火花。

其中交雜著無數的迷惘和徬徨，以及……感情。

江陰縣

晌午過後，兩輛驢車沿著街道，往知縣衙門而去。

待一行人來到衙門外頭，萬才率先下車，再從隨身攜帶的拜匣中拿出一張代表身分地位的名帖，那是官員用來拜謁之用，而面對什麼人要送上什麼樣的名帖更是講究。他將它遞給外頭的衙役後，等待著對方傳達。

雙月見小全子也下車了，於是拿起自己的細軟，跟著行動，不忘開口問道：「這裡是什麼地方？」

「江陰縣知縣衙門。」他簡單地說。

她知道衙門就是官員辦公上班的地方，所以才會覺得納悶。「不是說這次是微服私訪，不要驚動到沿途的地方父母官嗎？」

「大人的阿瑪還在世時，這位江陰縣知縣曾經是他的門生，在私人情誼上自然也就不同了。」小全子兩句話就解釋了雙方關係的親疏。

而薄子淮也在這時步下驢車，才抬頭就見身穿官服的江陰縣知縣伍皓神色匆匆地出來迎接。

那是位看來三十多歲、將近四十的七品官員，待他跨出大門，三步併兩步地來到薄子淮跟前，就要打千請安。

「江陰縣知縣伍皓……」

薄子淮比了一個制止的手勢。「這兒人來人往的，就不用多禮了。」

「是。」伍皓明白話中的意思，拱手回道：「請。」

就這樣，一行人被領進了知縣衙門大門。

雙月迅速地看了一眼大門兩側的石獅子，又看了看紅瓦屋簷，想到古裝戲裡經常出現的衙門，居然真的親眼見到了。

進了大門之後，又沿著中軸線上的甬道，繞過屏牆，來到了儀門，只有上級或同級長官來訪時，中間的門才會打開。

她走在最後頭，一路上東張西望的，其實最想看看審問犯人的公堂，是不是真像古裝戲裡頭演的那樣，掛著一塊寫著「明鏡高懸」的匾額，還有兩塊「肅靜」、「迴避」的牌子，然後衙役分列兩旁，在升堂問案時還會喊一聲「威武」。

眾人走過了二堂，也是官員辦公的場所，然後來到三堂，則是官員日常起居、會客、品茶和更衣的地方，而位在三堂兩邊的幾個院落裡則住著官員的家人和奴僕，以及小小的後花園。

江陰縣知縣馬上吩咐奴才和婢女幫忙將細軟搬進客房內，接著便和薄子淮進了偏廳，楊國柱和萬才自然也隨侍在側。

「……今晚要住在這裡嗎？」雙月隨口問著小全子。

小全子手上提著大包小包，跟著帶路的人走進一處院落。「是啊，上回大人來到江陰縣，也在這兒住了三天，至少比客店舒服。」

「這麼說也對。」她沒有嚴重的潔癖，不過還是很愛乾淨的，對客店的衛生品質實在不敢領教，到現在皮膚還會癢。

由於雙月是唯一的女眷，所以單獨住一個小房間，不過也因為是個婢女，房間位置比其他人偏遠，距離後花園很近。

「有需要什麼儘管跟我說。」婢女客氣地說道。

雙月道了聲謝，等對方出去了，便踢掉鞋子，往榻上一倒，呈大字形的躺著。「終於可以好好睡一覺了。」

這幾天因為和薄子淮之間的問題，讓她煩惱到連覺都睡不好，直到這一刻，全身放鬆，眼皮也愈來愈重，不知不覺中便睡著了。

不知過了多久，雙月被一陣敲門聲給吵醒，才發現房內一片黑暗，原來已經是晚上了。

「雙月！」是小全子的叫聲。

她趕緊起來穿鞋，然後點上燭火。「等一下！」

待房門打開，小全子將端在手上的一碗白飯和兩樣小菜遞給她。「大人說妳一定累壞了，今晚就好好休息，不用過去伺候了，吃飽就早點睡。」

「嗯，我知道了。」雙月聽到是薄子淮的意思，有些感動、還有些窩心。

小全子語重心長地看著她說：「大人可從來沒對哪個女人這麼好過，就連府裡的兩位姨娘都沒有，可別真的惹他不高興了。」

「……」她不知該如何回答。

只有雙月自己才清楚這不是在鬧彆扭或耍脾氣，而是兩人的立場產生衝突，誰也不肯讓步。

這又是她的錯嗎？

為什麼他們都認為自己應該去討好、迎合薄子淮呢？是她應該妥協？只因為是個婢女，就得要認命？

雙月端著飯菜坐在桌旁，有一口沒一口的吃著，卻是食不知味。

如果這次她妥協了，那麼下一次又會是什麼？是不是就得要一而再再而三的妥協下去？到了那個時候，她還是本來的她嗎？

或許連她都瞧不起自己了。

吃過晚膳，雙月很自然地在心情不好的狀況下，拿出紙筆來畫漫畫，只有這麼做才能稍稍忘卻煩惱。

「只剩下四枝半了……」從藍色棉布收納袋內拿出僅存的2B鉛筆，雙月更加珍惜畫下的每一筆。

如果真的回不了現代，那麼等她死後，可以讓它們一起陪葬，或許將來有哪個考古學家挖到自己的墓，讓這些漫畫重見天日。

她用手背抹去眼角的淚水，將紙張鋪平在桌上，先在腦中構思，如何用有趣詼諧的對話和表情描述這次的常州之旅。

最後，雙月決定將之前《小婢女求生記》中的男女主角畫成Q版人物，然後用四格漫畫來表現，她老早就想嘗試這種畫法了。

不知畫了多久，夜色更深了。

喀啦！

房外陡地傳來異聲，讓專心畫圖的雙月抬起小臉，愣了一下，心想大概聽錯了，於是又低下頭繼續。

喀啦！

雙月馬上望向房門。「是有人在外面嗎？」嘴裡這麼喃著，便放下筆，從凳子上站起身來。待她來到門邊，輕輕地拉開一條縫，悄悄地往外窺探，只見一片漆黑，也沒有半個人影。

「這麼晚了，大家應該都在睡覺……」

可能是風聲。

她找到了解釋，於是再次關上門扉，才轉過身去，又聽見喀啦一聲，這回可是聽得一清二楚。

「是誰在外面？」雙月動作奇快地開門嚷道。

沒人？

敞開的房門外頭只有樹影搖動，她又左看右看，什麼也沒有。

雙月索性踏出客房，走到門口四處察看。「如果有人惡作劇，應該不會跑得這麼快才對……」

難道是……？

她下意識地摸了摸胸口，想到那塊琥珀已經被薄子淮拿走，現在並不在自己身上，不過雙月倒寧可是鬼阿婆現身，因為她們之間的帳還沒有算清楚。

「鬼阿婆？」雙月開口探詢。「鬼阿婆，是妳嗎？」
自然沒有人回答她。
「看來應該不是。」她喃喃自語。
就在這當口，雙月的眼角無意間瞥見前頭不遠處的後花園，有一道白影晃了過去，心臟猛地緊縮了下。
「不、不會吧？」除了鬼阿婆之外，她還沒見過其他阿飄，一定是眼花了，於是揉了揉眼皮，又看了一次，這回什麼也沒瞧見。
雙月告訴自己還是快點回到房裡，假裝什麼都沒看見，可是沒有找出答案，就會胡思亂想，於是她朝後花園的方向揚聲問道。
「是誰在那裡？」
她沒有發現自己正慢慢往裡頭走，好像有一股莫名的力量在牽引著自己，不過等了半天都沒有動靜。
「喂！快點出來！」雙月又嚷道。
不期然地，一道白色影子又咻地閃過去，隱隱約約可以看到腦後留著一頭長髮，這個發現讓雙月臉色發白了。
難道她今晚「有幸」遇到人生中的第二隻阿飄？

「該不會又是要來拜託我幫忙的？」這次雙月絕對要拒絕到底，絕對不能再心軟，一次教訓就已經夠了。

她一面左顧右盼，一面跟另一個空間的「人」說道：「不管你要我幫什麼忙，都不要來找我……」

冷不防的，一陣風吹來，讓雙月全身的雞皮疙瘩都起來了。

「我現在已經夠慘了，實在幫不了你，快去找別人吧……」她要狠一點，不然最後倒楣的是自己。

說完，雙月馬上轉身奔回房內，用力關上門，連燭火也不敢吹熄，就直接上床睡覺，無論今晚外頭有任何聲響，絕對不要理它。

可是一個晚上下來，她都翻來覆去，怎麼也睡不著覺。

雙月告訴自己不需要良心不安。「又不關我的事……我可以拒絕的……沒錯！這不能怪我……」

只不過為什麼會有阿飄？

是之前那些被處死的犯人冤魂不散嗎？

畢竟前頭就是衙門，還有牢房，有人死在裡頭也是很正常的。

她愈想愈睡不著，睜大雙眼，直到聽見雞啼。

又躺了半天，窗外也亮了，雙月頂著淡淡的黑眼圈起來梳洗，幸好昨天下午有睡一下，不至於沒有精神。

不過當她步出房門，忍不住又看向後花園，決定親眼去確認是有人在裝神弄鬼，還是真的鬧鬼。

當雙月忐忑不安地走進後花園內，來到大致看到的位置，一會兒低頭尋找，一會兒又抬頭張望，如果是故意要嚇人的話，總要像在吊鋼絲一樣，把假人或白色衣服懸在半空中才對。

「雖然我對推理不在行，不過《名偵探柯南》和《金田一少年之事件簿》也都有在追，還記得他們是怎麼找到破案線索……」她撥了撥附近地上的小石子，又摸了摸樹幹，想看看有沒有記號或是繩子磨擦過的痕跡。「如果都找不到，那不就證明昨晚看到的真的就是……」

雙月困難地吞嚥一下，在胸前比了個十字，腦子裡不禁又想到什麼，嘴裡低喃：「我記得在漫畫裡頭，通常演到這個地方，主角的背後就會出現一個黑衣人，然後拿凶器襲擊他……」

才這麼說著，身後真的傳來細碎的足音，彷彿有人悄悄來到雙月的身後，讓她倏地轉過身子，發出尖叫。

「啊……」雙月的叫聲也把身後的人嚇到了。

伍皓驚詫地瞪著她。「妳是……？」

「呃，我還以為……」雙月認得眼前這名相貌端正、看起來很正派的男人就是江陰縣知縣，也是這裡的主人，連忙拍了拍胸口，心臟差點從喉嚨裡蹦出來。「奴婢是昨天跟著制台大人來的。」

「本官想起來了。」伍皓點了點頭，微微一笑，不會因為她是個奴僕就板起臉孔來。「妳在這兒做什麼？」

雙月總不能說昨晚見鬼了。「奴婢想去廚房，結果不小心迷路了……」

「要往那一頭走！」他指點了方向。

她福了個身。「多謝大人。」

離開了後花園，雙月還是找不到答案，昨晚見到的到底是什麼？

「雙月！」是小全子的聲音。

這聲叫喚把她的心思拉了回來，快步走向對方。

小全子端著早膳才走出廚房，連忙問道：「……剛剛去妳房裡，敲了半天的門也沒回應，是上哪兒去了？」

「只是隨便走走……」雙月心中一動，將他拉到一旁，神秘兮兮地問道：「你昨天半夜有沒有聽到什麼怪聲？」

「什麼怪聲？」小全子一臉疑惑。

「就是……不尋常的聲音。」

「我什麼也沒聽到。」小全子搖了搖頭，還是先說正事要緊。「大人說今天要和知縣伍大人出門，妳就留在這兒休息，不用跟了。」

「好。」雙月對這倒是沒意見。

原本想等吃飽之後再補個眠，可是想到昨晚見到的阿飄，沒有證明到底是真是假，心裡就是怪怪的。

「待會兒再去找一次好了。」

她不想整天疑神疑鬼，心裡有個疙瘩在，所以決定找出真相。

第四章　線索

跟薄府相比，這裡後花園的園林景致規模就顯得小巫見大巫，果然官品的高低，府邸的大小就差很多。

雙月仰高著腦袋，一面走一面找，刺眼的陽光從樹葉的空隙照射下來，有些睜不開眼，只好舉起手來遮擋。

「啊！」

真的被她找到了。

當她看到一隻紙鳶卡在樹枝之間，這才恍然大悟，因為是製成鳥的形狀，翅膀和尾巴上更有幾條流蘇，加上夜間視線不清楚，看起來就很像女人的長髮，所以昨晚看到的阿飄其實就是它。

「哈哈……」雙月笑到抱著肚子，蹲在地上。

幸好是虛驚一場，而且有來找第二次，不然還以為真的又見到鬼，還好不是，不過……咦？腦中閃過一個思緒，可是因為速度太快了，雙月來不及將它捕捉就消失，好像漏掉了什麼，即使想破了頭，還是想不出來。

「大概是我想太多了……」她口中喃喃說著。

「……我的……紙鳶。」

一個細細怯怯的女童嗓音突然冒了出來。

雙月嚇了一跳，偏頭看去，就見一名年紀大概九或十歲左右，頭上紮著丫髻，生得秀緻可人的小女孩不知何時站在身邊。

「是妳昨天半夜在這裡放紙鳶的嗎？」她直覺地問。

面對詢問，低頭看著地上的小女孩好輕好輕地點了下頭。

「果然是看錯了……」雙月吁了口氣，只要不是阿飄就好，要不然今晚可能不敢睡覺。「怎麼三更半夜不睡覺，跑到這裡來放紙鳶？」

小女孩沒有回答。

「那……妳叫什麼名字？」她把兩手撐在膝蓋上，俯低身子看著面前很容易害羞的孩子。

等了好久，小女孩才好小聲地回答：「……敏兒。」

雙月見她似乎真的很內向怕生，並不以為意，又看了看卡在樹枝上的紙鳶。「妳想把它拿下來嗎？」

斜斜地瞥了她一眼，敏兒點了點小腦袋。

「那妳在這兒等我一下，我去借借看有沒有長竹竿……」雙月先交代一聲，然後跑出後花園去找人幫忙。

片刻過後，雙月兩手拿著長長的竹竿過來了。

還站在原地不動的敏兒用眼角偷偷看著面前這位陌生的婢女，很努力地要把長竹竿伸向紙鳶。

「卡到的地方不太好弄……又不能太用力……」擔心會把紙鳶給戳破，所以雙月力道不敢太大，反而讓樹葉掉了一地。

敏兒又怯生生地抬頭，看了一眼很努力在幫自己的雙月。

「換個角度好了……」雙月站到另外一側，再試試看。

只聽見唰的一聲，紙鳶緩緩地墜落。

「好險！」她趕忙將竹竿一丟，張開雙手接住那只紙鳶。「嗯，還好沒有破掉……來，拿好。」

雙月蹲下身子，將紙鳶遞給小女孩。「以後半夜不要一個人跑到這裡來玩，很危險的。」其實她想說的是萬一別人也以為看到鬼，可是會嚇死人。

「……」敏兒不是很明顯地點了下頭。

見眼前的小女孩始終不敢用正眼看著自己，反應也慢了好幾拍，雙月更加仔細地觀察。「我是昨天跟著制台大人來這裡作客的，不是壞人……不過壞人也不會承認自己就是壞人，這樣說也不太對……」

敏兒抱著快要比自己大的紙鳶，把小腦袋垂得更低了。

「我叫做雙月。」她伸出右手，試著表達友善。

「……嗯。」敏兒聲若蚊蚋地回道。

雙月看著眼前的小女孩，不只不敢看著別人的眼睛說話，而且不善於表達，這些跡象似乎不完全是因為內向怕生的緣故，心裡的直覺是這麼告訴她的。

「我們握一下手，做個朋友吧。」她笑吟吟地說道。

看著伸到面前的手掌，敏兒一時不知該如何反應。

「就像這樣……」雙月主動去握她的小手。

她將敏兒的右手握在手心，不以為意地瞥了一眼，卻看見五隻手指的指甲都被咬到甲面畸形，不只坑坑疤疤，有的咬到只剩下一小截，這個發現讓雙月的心頭重重一沈，因為有咬指甲症狀的孩子大多處於焦慮、不安和抑鬱的情緒之下，才會用這種表現來反映。

先將敏兒懷中的紙鳶擺在地上，雙月檢視她的雙手，左手的指甲也是一樣的情況，她提醒自己要冷靜，雖然有這種症狀的孩子，不少都是受虐兒，不過也不能以偏概全，就認定敏兒受到虐待。

雙月柔聲地問道：「痛不痛？」

「……」靜默了片刻，敏兒才搖頭。

就在這時，傳來婦人的呼喚。

「小姐！小姐！」奶娘尋了過來。

待奶娘找到了小主子，有些緊張地將她拉到身後，戒備地質問雙月：「妳不是府裡的人？」

「我叫雙月，是伺候制台大人的婢女，昨晚住在這兒。」雙月垂眸看了敏兒一眼。「她是知縣大人的女兒嗎？」

聽了她的自我介紹，奶娘的神情才緩和了些。「對，這位是敏兒小姐。」

「那麼敏兒小姐的娘呢？」她很想見見對方。

奶娘臉色一黯。「她已經過世了。」

「抱歉，我不該問的。」雙月心想這麼一來，就是家裡其他成員的問題了。「那麼知縣大人有再娶嗎？」搞不好是被後母虐待。

「沒有、沒有。」奶娘用力搖頭，神情有些異樣，似乎不想多談，牽著小主子的手就要離開。

雙月連忙彎身拾起地上的紙鳶。「等一下，還有這個要記得拿……」

「小姐，咱們回房去吧。」奶娘接過紙鳶，低頭對著小主子說。

被奶娘牽著走了幾步，敏兒悄悄地回頭看了雙月一眼，雖然只是匆匆一瞥，不過雙月卻可以認出那是在跟她求救。

因為……她曾經也有過那樣的眼神，想要跟媽媽，還有學校的老師求救，可是前者不理不睬，後者則是完全沒有察覺到。

她不由自主地捻緊拳頭，想要追上去問個清楚。

不過一想到那位婦人方才的慌亂反應，不願多談，所以就算問了也沒用，雙月深吸了口氣，要自己先冷靜下來。

「府裡的奴僕知道最多有關主子的八卦，先從他們身上下手，看能不能問出什麼線索……」既然遇上了，她就不能袖手旁觀。

就這樣，雙月主動去接近幾個婢女，假裝和她們聊天。

「……敏兒小姐還不到七歲就沒了娘，想起來就讓人心疼。」

「敏兒小姐在那之後就漸漸變得很安靜，也不太說話……」

「我家大人可是很疼愛這個掌上明珠，到現在還不考慮續弦，就是擔心敏兒小姐會讓後娘欺負……」

雙月聽著她們的對話，似乎看不出是在說謊。

「還有她的指甲……」她佯裝欲言又止的。

婢女們於是露出「妳都瞧見了」的神情，話匣子也就自然打開了。

「就連大夫也治不好小姐這個毛病。」

「大人為了這事兒也很煩惱……」
「敏兒小姐咬指甲的習慣有多久了？」她小心地刺探。
「我記得……大概兩年多了。」一名婢女扳著手指數道。
「咬成那樣，連我看了都覺得疼……」
「說不定等小姐再長大一點就不會再咬了……」
看來這幾個婢女也不清楚真正的原因，也許只有照顧她的奶娘才會曉得，雙月在心裡做出了結論。
申時左右，雙月在曲廊上遇到了跟班萬才，似乎趕著出門辦事，才知道薄子淮已經回來，於是立刻來到這間位在院落中最好的客房，只見門扉是敞開的，可以看到自己要找的人正坐在裡頭喝茶。
她遲疑了下，想到連著幾日的冷戰，一時不知該如何啟齒。
「進來吧。」
屋裡的薄子淮自然也瞧見她了。
看著雙月在門外躊躇不前，而他的耐性也全數用盡了，都這麼多天，總要有一方先開口打破僵局，既然身為男人，就該由他來才是。

小全子先朝她走去，跟雙月使了一個眼色。

「我去端幾樣點心過來，妳進去陪大人說話。」暗示得很明顯，就是要她好好伺候主子，別再使女人的性子了。

聞言，雙月扯了扯嘴角，勉強地微微一笑。

待小全子一走，雙月有些慢吞吞地走上前去。

「大人打算在江陰縣待幾天？」她找了一個比較安全的開場白來起頭。

薄子淮擱下茶碗。「三、五天左右吧。」

「喔。」才這麼幾天夠用嗎？

他帶著薄繭的大掌輕握住雙月交疊在身前的兩隻小手，溫聲地說：「雙月，妳先聽我說……」

若是不把心裡話說出來溝通，根本難以解決問題，即便還是無法想出更好的法子，總比誰也不開口來的好。

不過是手與手之間的碰觸，不知怎麼，就讓雙月有股想要流淚的衝動，原來冷戰的這幾天，她真的好寂寞，好像又變回之前只有一個人流落在清朝，無依無靠的感覺。

可是雙月又不希望因為害怕孤單，一時的軟弱，就拋棄原則，不管任何事都可以妥協讓步，所以只能拚命忍耐。

「我們講和了好不好？」她真的不想再跟這個男人冷戰下去。

聞言，薄子淮從座椅上站起來，將雙月攬進胸前，距離上回的擁抱似乎過了好久，也顯得格外珍貴。

「……好。」他啞聲地說。

雙月伸臂環住他，將螓首擱在薄子淮的肩窩上，如果這樣溫順的動作可以讓這個男人明白自己的心意，那麼她願意再主動一些。

「我是真的很喜歡你，你也是第一個可以接近我的異性……可是就因為太喜歡了，所以才更想獨佔你，希望你對我的感情就像我對你一樣。」雙月不得不坦承自己的心胸很小，無法做到跟別的女人共事一夫，即便本人是身不由己，也是一樣的道理。

聽她願意親口吐露對自己的感情，薄子淮明白對雙月來說是很大的突破，又豈會懷疑她的話。

「若我有這個權力，正室的位置也非妳莫屬。」問題是自己並沒有，這才是關鍵所在。

他們就像是走進了死胡同。

雙月聽懂他的意思，就因為身不由己，同樣也讓薄子淮感到無奈和挫敗，又怎麼忍心再責怪他。

她眨去眼中的淚霧，吸了吸氣。「這個問題先放在一邊，我有別的事要問你。」事有輕重緩急，雙月得先救那個孩子才行。

「好，妳說吧。」薄子淮讓她坐在身旁的座椅上，只要雙月願意跟自己好好地談就好。

在開口之前，雙月沈吟一下，試圖用客觀的角度來看待這件事。「我想知道這位江陰縣知縣的人品好不好？他是個好官嗎？還有你對他瞭解多少？」

「為何要問這個？」薄子淮一臉疑惑。

「你先告訴我。」她說。

「他自然是個好官，治理江陰縣這幾年來的成果也是有目共睹，更是個親民愛民的縣令，這裡的百姓都可以證明。」薄子淮讚許地說。

當官的絕大部分都很會做表面工夫，雙月可是比誰都瞭解。「那麼私底下的他呢？他的脾氣好不好？會不會打罵下面的奴僕？」

薄子淮聽她一再追問，有些不是滋味。

「妳這麼在意他？」

「不是在意，而是想要瞭解這個人。」她實話實說。

「為何想要瞭解他？」他還是有些吃味。

「早上我在後花園裡見到他的女兒，聽說她的生母已經過世，而且這位縣令大人也沒有再娶……」

「那又如何？」薄子淮口氣微慍。

雙月一怔，這才注意到他臉上的不悅之色。「你在生什麼氣？要是不想說，可以直接講，我就不問了。」

「不是不想說，而是……」他有些困窘地坦白。「不喜歡妳太在意別的男人。」

等她意識到薄子淮的意思，不禁嗔惱地笑罵道：「我剛剛不是已經說喜歡你了，又在亂吃什麼醋？」

「就算是這樣，我也不希望妳太注意其他男人。」薄子淮毫不掩飾屬於男人的妒意。

「這件事很嚴肅也很重要，給我認真一點。」她嗔罵地說。

薄子淮不得不回答。「根據我對他這麼多年的瞭解，此人脾氣溫和沈著，看不出有妳說的那些問題。」

「是嗎？」那麼問題出在誰身上？

他眉頭一攏。「到底怎麼回事？」

「今天的晚膳，也是跟這位知縣大人一起用吧？」雙月頭上的燈泡亮了，想到一個點子。

「那麼可不可以讓他的女兒過來跟你們同桌吃飯？」

「這……」薄子淮遲疑了下。

雙月一臉懇求地說：「既然你和這位知縣大人也有一些私交，可以用長輩的身分邀請，應該不會讓人覺得奇怪。」

「這麼做究竟是為了什麼?」

「我有我的理由,相信我。」她還不想正面回答。

「希望到時妳能告訴我其中的原因。」薄子淮自然信任她不會害人,反倒擔心會因為管了不該管的事而惹禍上身。

「好,我答應你。」只要能證明敏兒不是受到虐待,而是單純的因為失去母愛而缺乏安全感,雙月才能安心離開江陰縣。

就這樣,當江陰縣知縣命人在廳內備好晚膳,打算來個把酒言歡,薄子淮在席間適時提出請求。

「上回見到敏兒,已經是兩年前,都快忘了她的模樣,我這個當叔叔的難得來一趟,總該給個見面禮。」伍皓是阿瑪的門生之一,也是在他過世時,最難過傷心的,因此這些年只要經過江陰縣,便會上門敘舊。

伍皓哈哈一笑。「制台大人太客氣了。」

「不妨讓她一塊兒用膳,咱們也不是外人,不必拘禮。」他說。

「自從敏兒她娘走了之後,那孩子就變得不太喜歡說話,下官也不知該如何是好,要是有失禮之處,還請多多見諒。」說完,伍皓就吩咐在一旁伺候的婢女,讓她去把女兒帶來。

當那名婢女步出廳外，站在薄子淮身後的雙月也跟著往外看，她就是想親眼看看這對父女相處的狀況，或許可以找出蛛絲馬跡。

雙月看過一些相關書籍，也在「回家基金會」裡見過不少案例，加上親身的經歷，一個孩子是不可能無緣無故發生咬指甲、扯頭髮等反應，甚至連個性都變得畏縮、封閉，不敢直視別人，這些原因大多來自家庭。

她不著痕跡地望向坐在左前方的伍皓，即使是面對奴僕，態度也不會傲慢，更不會用命令的口氣，正值壯年的他生得相貌堂堂，說話談吐穩重，謹守本分，實在看不出異狀。

所以雙月提醒自己不要存有偏見，一口咬定對方是個壞人，事事講求證據，否則是救不了那個孩子的。

過了好一會兒，就見敏兒在奶娘的陪伴之下，跨進用來宴客的花廳。

敏兒一手被奶娘牽著，依舊看著地上。

「敏兒，來見過薄叔叔。」伍皓伸手將女兒拉到身邊說道。

她沒有開口叫人，只是怯生生地點了下頭。

薄子淮心中不免驚疑不定，印象中這個孩子原本有一張甜甜的笑臉，又愛撒嬌，不是現在這副模樣，真是因為失去娘親的緣故嗎？

「敏兒，還記得薄叔叔嗎？」他擔心會嚇到孩子，口氣放輕地問。

見女兒沒有回應，伍皓臉上掛著縱容的笑意，像是慈父般提醒著她說：「薄叔叔正在跟妳說話，有沒有聽見？」

雙月十分仔細地盯著眼前這對父女的互動，目光不由自主地鎖定伍皓握著自己女兒手臂的那隻大掌，就見敏兒反射性地掙扎一下，不過因為動作太過輕微，很容易就被忽略，也不會有人刻意去注意這個小地方。

可是對雙月來說，卻像是走進了冰櫃中，全身發冷，不想往那個地方去想，可是又不禁要去懷疑。

敏兒還是低著頭不回應。

「可以讓奴婢來嗎？」雙月已經繞著桌案過去，朝伍皓問道。

伍皓有些錯愕地看她一眼，接著又覷向坐在對面的薄子淮，見他沒有任何表示，也不阻止，除了不解，也不便開口呵斥。

「雙月，妳在做什麼？」同樣在旁邊伺候的小全子臉色一變地喝道。

雙月沒空理會他，兩眼還是望著伍皓，似乎想要看穿他的假面具。「因為奴婢見過不少像敏兒小姐這樣的孩子，或許有辦法讓她開口說話。」

「呃、嗯，原來如此。」伍皓臉上掠過一抹心虛，不過很快又不見了。「之前請過不少大夫來府裡看過，都找不出原因。」

她順勢將敏兒帶離了些，讓伍皓無法繼續抓著女兒的手臂，只好放開掌心的箝制。「那麼請讓奴婢試試看。」

「也好。」因為是制台大人帶來的婢女，而且看來又不像普通的主僕關係，也就不便斷然拒絕。

薄子淮不但沒有說話，也同樣目不轉睛地看著她，想知道雙月這麼做背後的原因為何。

只見雙月半蹲著身子，唇角噙了一抹淺笑。「敏兒小姐，奴婢是雙月，昨天在後花園見過，還幫妳把紙鳶從樹上拿下來，還記得嗎？」

「……」敏兒沒有回答。

雙月小臉一整。「奴婢比任何人都知道恐懼和孤單是什麼滋味，知道妳很想要把心裡的秘密告訴別人，甚至希望有個人能握著妳的手，然後跟妳說別害怕，我會保護妳，妳還有我，並不是一個人……」

不確定敏兒有沒有聽進去，雙月幽幽地往下說。

「奴婢也知道很困難，不過有的時候希望別人能夠幫助妳，還是要靠自己的力量，要主動跟人求救，否則不會有人看出來的……」說著，她朝敏兒伸出右手，手心朝上。「敏兒小姐希望有人救妳嗎？」

小小的身子微微抖動著。

「如果敏兒小姐願意，可以抓住奴婢的手，奴婢保證會緊緊地握著。」雙月憐惜地說道。

敏兒還是低著頭，不過又開始咬指甲。

「夠了！」伍皓斥喝一聲。「快把小姐帶回房去。」

臉色有些發白的奶娘不由分說地牽著小主子，半拖半拉地出去了。

「等一等……」雙月還想要追上前去。

「雙月！」薄子淮不得不開口斥責。

「可是……」只差一點點就能問出真相。

接著，薄子淮先朝伍皓致歉。「是本部堂這個婢女太沒規矩了，希望沒有嚇到敏兒才好。」

雙月咬了咬唇，只能默默地退到後頭。

「制台大人千萬別這麼說，只能怪敏兒她娘走得早，才會變成這副模樣。」伍皓客套地回道：「別說這個，下官先乾為敬。」

見他乾杯了，薄子淮也舉起酒杯回敬，然後一飲而盡。

彷彿方才的事沒有發生，兩人又一面吃菜喝酒，一面聊著朝廷之事。

「……皇上為了南巡之事，曾明示過避免驚擾到百姓，一切所需勿令地方官派取民間，而由衙門採購供給，不過卻也聽說有不少父母官擔心接駕不周，藉機歛財。」底下的官員若是刻意隱瞞，自己總是在事後才知悉，無法及時攔阻。

見薄子淮這番話說得是雲淡風輕，聽不出是試探，還是詢問，伍皓自然也沒有太大的反應。他頷了下首。「下官也聽說過。」

「……本部堂近來又聽說有幾位知縣聯合起來，打算上奏朝廷有關加重賦稅之事。」薄子淮淡淡地啟唇，並沒有直接點名。

「制台大人不贊成？」伍皓不動聲色地問。

薄子淮慢條斯理地啜了一口酒。「皇上希望減輕百姓負擔，將地丁錢糧、米麥豆雜稅免除，如今卻因為地方奉行不善，不能實惠於民，這會兒又要加重賦稅，有違聖意，相信皇上不會同意，本部堂自然也反對。」

免除錢糧原是為了百姓小民著想，可是田畝又多歸縉紳豪富之家，無田窮民已難均霑實惠，若再加稅，要他們何以度日，因此他說什麼都反對到底。

因為江陰縣知縣曾是阿瑪的門生，兩家相識多年，所以薄子淮才趁這趟出門特地前來點醒他，要他多替百姓著想。

「制台大人所言甚是。」皇上南巡對地方父母官來說是最好的表現時機，即便是自己也不想一輩子當個七品官，總要找機會往上爬。

不過伍皓也很清楚不便與兩江總督正面作對，儘管曾經拜在他的阿瑪門下，不過人一旦死了就再無情誼可言，這就是官場上的現實面。

兩人的神色平靜，卻是各懷心思。

戌時就快過了。

雙月在屋內來回踱著步子，想著該怎麼接近敏兒，從她身上找到答案。

她可以確定這對父女有問題，可若是沒有更好的線索可循，光只靠敏兒的一些小動作和排斥的反應是無法當作證據的。

除非……敏兒主動開口求救，否則自己根本無計可施。

這裡也比不上未來，有政府的公權力介入，能夠進一步的探訪，找出孩子是否遭到虐待的證據，萬一真有受虐的跡象，還可以強制帶離施暴者的身邊，不准再靠近孩子一步，可是這些在古代根本行不通。

「怎麼還不回來？」雙月又往門外看了一眼，想到用過晚膳之後，薄子淮又和那位江陰縣知縣到書房去談公事，真的快要急死了。

冷靜一點……

于雙月，不要慌……

也許事情沒有她想的那麼糟糕，畢竟連府裡的婢女都沒有察覺異狀，就表示沒有那麼嚴重。

「可是萬一明天就要離開，那該怎麼辦？」她愈想愈慌。

雙月握緊拳頭，不想待在這兒乾著急，索性主動去調查真相。

於是，她先去問了這座府裡的婢女，然後直接找上負責照顧敏兒的奶娘，希望能動之以情。

「妳……」奶娘打開房門，一臉錯愕地看著雙月，沒料到會見到她。

她試圖用笑臉來讓對方失去防備。「因為方才對敏兒小姐無禮，所以特地來賠罪，希望能見見敏兒小姐。」

「這……不太方便。」奶娘面有難色，不敢讓雙月進房。

「我看得出來妳把敏兒小姐當作自己的女兒一樣疼愛，一定希望她能快快樂樂的長大，更不希望她受到一點點傷害對不對？」就因為感覺到她對敏兒的保護，雙月才會找上她，不過畢竟只是個奴僕，也會有心有餘而力不足的地方。

「我更可以感覺得到妳知道一些事，但是又不能說出來，可是這樣是保護不了敏兒小姐的，現在制台大人就在府裡，只要妳跟他求助，他一定會幫妳和敏兒小姐的，我可以保證。」看著奶娘絞著手上的絹帕，似乎在天人交戰，雙月心想只要再加把勁就能說服了。

「敏兒小姐她……她很好，沒有人會傷害她。」奶娘吶吶地說。

雙月一瞬也不瞬地瞅著。「就算是自己親生的女兒，也沒有一個當爹的有權力對她做出任何天理不容的事。」

短短兩句話，讓奶娘臉色慘白。

這個表情也同樣告訴了雙月，她的懷疑成真了。

「妳快走吧……」奶娘驚慌地說著，就要關上門。

她馬上用手擋住。「讓我見敏兒小姐……」

「這不干妳的事……」奶娘慌亂地嚷著。

「敏兒小姐！」雙月朝房裡大喊。「光靠別人救妳是不夠的，妳要想辦法自己救自己……如果妳想逃出這個地方……就來找我……」

「妳快走！」

砰地一聲，奶娘將房門用力關上。

雙月瞪著眼前緊閉的門扉，很想把它一腳踹開。

接下來該怎麼辦？她要怎麼讓那個孩子脫離惡魔的手掌心？

她一面思索，一面走回客房。

待雙月來到薄子淮居住的客房外，覷見他已經和江陰縣知縣談完公事回來，不由分說地跨進門檻，然後順手帶上門扉。

「……我以為妳在房裡歇著。」薄子淮執著毛筆，端坐在案旁寫著信件，聽見關門聲才抬起頭。

「小全子不在？」她繃著小臉問道。

薄子淮將手上的筆先擱在硯臺上，神情肅穆。「我讓他下去休息了……妳來得正好，我有事要跟妳談一談。」

「是關於方才我對江陰縣知縣的女兒說的那些話嗎？」雙月馬上就猜到他想說什麼了。「我有我的理由。」

他從座椅上起身。「究竟是什麼理由？」

「你知道他有『虐待』自己女兒的……嫌疑嗎？」其實她很想用肯定句，不過在沒有更確切的證據前，這個男人是不會採納的。

「虐待？」薄子淮臉色馬上顯得沈重。「妳知道這是多麼荒唐的指控嗎？他將近三十歲才有這麼一個女兒，可以說是視若珍寶、疼愛有加，豈會虐待她？無憑無據的，不可胡說。」

雙月就知道他會加以駁斥。「其實『虐待』也分很多種，包括精神上，還有身體上的。」

「妳這是愈說愈離譜了……」

「你該知道我從不說謊的。」她一句話就堵住薄子淮的嘴巴。

「那麼一定是誤會。」他還是聽不進去。

「就說你這個人總是一板一眼，又不知變通，只認定自己心裡所想的，無法接受別人的看法，難道你沒注意到那個叫敏兒的孩子反應很奇怪？」雙月不自覺地掄緊垂放在身側的拳頭。

「她不但不敢看著人說話，要是有人跟她說話，也沒有太大的反應，更沒有情緒起伏，就像……把所有的感情都封閉了。」

那全是為了保護自己，所以築起了一道牆，好將別人隔離在外面的世界，那樣的心理反應，雙月太熟悉了。

薄子淮並不否認方才見到敏兒，確實感到訝異，但是絕對不會往那一個方向去想。「我想那也是因為失去娘親的緣故，畢竟當時她還不到七歲，伍知縣也請了大夫來看過……」

「你知道她有咬指甲的習慣嗎？」她再次打斷。「我看到她十根手指上的指甲全被咬到看不出本來的樣子，在未來的世界，有不少人專門研究這樣的例子，可以確定有這樣習慣的孩子絕大部分都曾經受到虐待。」

他頓時語塞。

「我也擔心自己搞錯了，所以剛剛去找負責照顧她的奶娘，想探探她的口風，不過她似乎有難言之隱，而且相當害怕，什麼都不敢說。」雙月緩了一口氣，好讓頭腦保持冷靜。

「我還是不相信他會傷害自己的親生女兒……」這不就表示阿瑪和自己識人不清，從頭到尾都看錯了人。「況且光靠這些，也無法證明什麼。」

雙月就等他開口說這句話。「所以我才想請你幫忙，只要你開口，一定可以命令他把女兒交出來，好讓我單獨和她說話，必定可以問出真相。」

「即便是我也不能干涉別人的家務事。」薄子淮不得不拒絕這個要求。

她怒氣馬上往上飆升，疾言厲色地嬌嚷：「這不是家務事，而是一條人命，我不能眼睜睜地看著那個孩子被她爹給毀了……」

「雙月！」他一把扣住雙月纖弱的肩頭。「先冷靜下來……」

「你知不知道你口中親民愛民的好官做了什麼？」她有些情緒失控地嚷著。「那個男人對自己的女兒做了人神共憤的事……所以那個叫敏兒的孩子才會用眼神跟我求救，希望我可以救她……」

薄子淮實在無法苟同。「什麼叫人神共憤的事？這些不過是毫無根據的指控，妳又如何可以斷定……」

「我知道！我就是知道！」雙月眼中閃著淚光，大聲吼道。

「妳又不是敏兒，又怎會知……」話才說到這兒，猛地打住了，他滿臉驚愕地瞪著雙月，似乎意識到什麼事，可是又不願去探索。

雙月嗚咽一聲。「因為我也遇過相同的事，所以我知道……」她原本不想說的，可是如果能救一個孩子，那麼說出來又何妨。

「只不過我在最後關頭，拿預藏的球棒打破那個男人的頭……然後逃走了……才沒有讓他得逞……」兩行淚水滑下了雙月的臉頰。「那一年我才十歲……就跟這個叫敏兒的孩子差不多年紀……」

臉上盛滿震驚的薄子淮看著淚流滿面的她，完全說不出話來了。

「那個男人是我娘再嫁的……根本是個道貌岸然的混蛋……可是他能讓我娘過好日子，我只好一直忍耐……最後實在忍無可忍了……因為沒有人會來救我，連我娘也見死不救，我終於知道……唯有自己才能救自己……」一旦起了頭，接下來的事就好說了。

雙月抽抽噎噎地訴說著過往。「我原本以為那一天已經成功的逃出去了，可是直到現在……有一部分的自己依舊被困在那個房間……光是想到這一點，就覺得噁心透頂，很想再把那個混蛋痛扁一頓……」

胡亂地用手背抹去淚水，雙月昂起下巴，兩眼燃燒著怒火，瞪視著面前的男人。「這樣你懂了嗎？所以不要再說我不知道。」

她說出口了。

終於把心底最不堪，也最痛苦的秘密說出來了。

也再一次的揭開傷口。

第五章　事實

屋內陷入一片沈默。

薄子淮十指依舊扣著她纖瘦的肩頭，腦子有一剎那的空白。

待他恢復了思考能力，也吸收了這個驚人的訊息，這才想起雙月對於肢體上的碰觸是如此激烈掙扎，當時便隱約察覺裡頭不光只是女子為了保護自己的貞節才做出的反應，還有著別的原因。

直到這一刻，他把兩者聯想在一起，露出恍然的表情。

原來雙月曾經有過如此殘酷的經歷，對於好不容易逃出生天的她來說，那天晚上，她以為又要再來一次，她得再去面對心中最黑暗的過去，所以她才會奮不顧身地抵抗到底。

明知雙月心裡藏著秘密，卻不知真相是如此令人難以啟口，薄子淮不禁懊惱，是自己逼她揭開傷口的。

「雙月……」他不知該說什麼，只能張臂摟住，用行動來表示。

雙月將臉蛋埋在他的胸膛，並沒有拒絕薄子淮的擁抱，只是悶悶地說：「我不需要同情。」

當她把話說完，怒氣漸消，取而代之的是悲痛。

如果可以，雙月希望它永遠是個秘密，不想從自己口中說出來，就好像親手撕下OK繃，又痛上一次，只想靜靜地等待癒合的那一天。

不過現在不行，為了取信薄子淮，為了救出那個孩子，再怎麼疼痛，也要讓他瞧見那道血淋淋的傷口。

「這不是同情……只是希望能夠早一點把妳救出來。」他啞聲地說。

聞言，雙月想哭又想笑，因為她感受到了他的溫柔。「你跟我相差了幾百年，根本不可能見得到面，更別說救我了。」

薄子淮輕撫著她的背，希望弭平雙月焦躁暴動的情緒，只要想到這個女人的勇敢和獨立是在那樣的環境之下造成的，一顆心都揪緊了。

因為雙月，才讓他想要去疼惜保護一個女人。

那是對家人之外，不曾有過的心情。

「可是咱們還是在這裡相遇了，在冥冥之中，上天做了這樣的安排，祂知曉我在這兒等妳，所以把妳帶到我身邊來……」

以為這輩子不會對一個女人動心，即使將來真的娶妻，也是為了責任和義務，無關情愛，可是雙月出現了，用著最不可思議的離奇方式來到他身邊，還是為了自己而來，那麼他便不打算放手。

因為——她是屬於他的。

這番話讓雙月的身子整個放鬆了。

真的是因為這個男人在等她，所以自己才會穿越時光隧道，來到這個清朝？不是因為她是唯一能見到鬼阿婆的人？

曾經以為是因為她可以看到鬼阿婆，才會這麼倒楣，有了這一趟穿越之旅，然後回不了家，可是現在回頭去想，難道不只是因為這個原因？

雙月不知道正確答案，可是薄子淮確實是自己這二十年來，第一個喜歡的異性，也是努力突破心防，嘗試去接納的男人，這是不爭的事實。

「……我可以對天發誓，不會再讓任何人傷害妳。」即便是額娘也不行，薄子淮在心裡加了一句。

她將全身的重量都給了正抱著自己的男人。

「還在湖陽縣的時候……你說希望我為薄家生下子嗣，希望我能當你的女人，記得我是怎麼回答的嗎？」她幽幽地問。

回想了片刻，薄子淮輕頷俊首。「妳說不是肯不肯的問題。」

「那麼你現在明白我這句話的意思了嗎？」雙月深吸了口氣，從他胸膛上抬起頭來，臉上的淚痕已乾。

「你是第一個可以牽著我的手，還有能像這樣抱住我的男人，可是如果要再進一步……就需要多一點時間，明知道你跟那個混蛋不一樣，可是……我還是怕到時會失去理智，先把你揍成豬頭……」

薄子淮看著她一面說一面笑，臉上故作輕鬆，明明是那麼恐懼痛苦，卻還能笑得出來，也讓他更為雙月感到心疼。

「不過我會努力去克服心裡的陰影，只要再給我一點時間就好……」她並不排斥把第一次給了這個男人，可是身體上還沒有辦法，而往往身體的本能反應又比腦子還要快。

不待雙月說完，薄子淮將她的螓首按在自己胸口上，嗓音略顯粗啞。「忘記我那天說的話，不需要勉強自己，一步一步慢慢來就好。」

在知曉真相之後，他又怎麼忍心強迫雙月去接受那種事，自己要的是在床笫之間的水乳交融，不只是為了傳宗接代，若是想要傳承香火的子嗣，也不會直到今天都還不肯迎娶正室。

她臉上透著一股不安，想到這個男人在這幾個月之內就會死掉，心臟像被隻無形的手掌給捏住，有些喘不過氣來。

「可是時間不多了，要是你在二十八歲之前就……」因為喜歡，而且是愈來愈喜歡，雙月更加無法接受用「英年早逝」這四個字來形容自己喜歡的男人。

「那也是命該如此，我會負起全部的責任，與妳無關。」薄子淮俊臉一整。「所以不要太在意祖奶奶說的話，就算是她讓妳來救我，妳也已經盡力了，不只是我，還有二妹的事，妳做得比原本該做的還要多，所有的努力，我看得比誰都還要清楚，不需要良心不安。」

雙月喉頭一哽，被他這番話感動到快說不出話來。

「我……我真的……」有幫到忙嗎？

「咱們只要盡好自己的本分，做了該做的事，其他的事不需要多想。」他似乎可以猜到雙月想說什麼。「我只相信事在人為。」

她想說什麼，最後還是把舌尖的話又嚥了回去。

要喜歡的男人去跟別的女人上床，再看著別的女人懷了他的孩子，這種話雙月已經說不出口了。

因為每過一天，隨著對這個男人的感情漸增，更無法接受他為了讓薄家早日有後，和其他女人做愛做的事。

這種想法是否太自私了？是否和原本到清朝來的目的相互牴觸？雙月不禁要這麼問自己。

兩人就這樣擁抱著，此時此刻，只要想著彼此就好。

煩惱的事留待以後再說。

「祖奶奶能把妳帶來這兒，這一點我衷心地感激她……」薄子淮相信自己遲至今日都不肯娶妻，就是為了等雙月到來，就算無法給予名分，他的心裡也只容得下她一個女人。

「即使我都不按規矩來，讓你很頭疼？」雙月打趣地問。

薄子淮低笑一聲。「偏偏我就喜歡這樣的性子。」

「你現在連甜言蜜語都說得這麼順口了。」她噴笑地說道。

他將額頭抵著雙月的。「如果對象是妳，我不會吝於說的。」

這一刻，雙月覺得他們之間的關係又跨越了一大步。

自己的心也更為他敞開一些。

雙月陡地甩了甩頭，現在不是談情說愛的時候。

「……只不過還是要先想個辦法救那個叫敏兒的孩子。」她斂去唇畔的笑意。「既然讓我遇到了，如果連我也袖手不管了，那我不就跟那些曾經對我見死不救的人一樣冷漠嗎？」

「也許幾百年後的未來，可以介入別人的家務事，但是在這裡行不通……」

雙月還是掩不住憤慨地反問：「就算你知道有個孩子正在受苦，卻還是選擇冷眼旁觀？」

「我並非這個意思。」薄子淮先讓她坐下來，用著更有說服力的口吻說道：「若是太過急躁，對方也不肯認罪，又有何用？」

她一時語塞。

或許正因為是過來人，才會反應過度，也不夠冷靜。

「咱們得先沈住氣。」薄子淮嗓音平緩而低沈，有股安定的作用。

「嗯。」雙月按捺住焦急的心情應允。

翌日巳時——

雙月看著手上有著蝴蝶形狀的紙鳶，因為只有看過，從來沒有玩過，實在不曉得該怎麼讓它飛起來。

這也是她昨晚臨睡之前突然想到的法子，因為和那個叫敏兒的孩子就是透過紙鳶才認識，所以才會請薄子淮讓小全子到街上的鋪子去買了一只回來，希望能夠拉近彼此的距離。

她看著手上的紙鳶，真是一個頭兩個大。

「好像是要慢慢地往前跑，然後紙鳶就會自己飛起來……」雙月循著腦中的印象喃道。

不過連試了幾次，根本還沒有飛上天就掉下來。

「不是這樣嗎？」她還是抓不到竅門。

就在這當口，奶娘牽著小主子走進了這座後花園中。

雙月見到奶娘肯把人帶來，不禁吁了口氣，想到半個時辰前去找她，兩人之間的對話內容——

「我知道妳有苦衷，什麼都不能說，只要把敏兒小姐帶到後花園，讓我陪她一起放紙鳶就好了。」

「真的……只有這樣？」

「對，只是放紙鳶，你們家大人不會怪妳的。」

幸好奶娘把人帶來了，不然雙月還真不曉得該用什麼藉口才好。

「敏兒小姐，妳應該知道怎麼放紙鳶吧？」她彎身問著依然看著地上的小女孩。「可不可以教教我？」

敏兒沒有回應她。

「那我先放紙鳶給妳看，再告訴我哪裡不對……」雙月毫不氣餒地說著，然後高舉著紙鳶，才往前跑了幾步，結果一鬆開手，馬上就往下墜。「啊……還是飛不起來……」

她又試了好幾次，最後還是失敗。

或許是被紙鳶給吸引，也或許是因為雙月的唉聲嘆氣，敏兒不禁怯怯地抬起眼瞳，看著不肯死心試了一次又一次、最後氣喘吁吁地坐在地上的雙月。

雙月用鑲著花邊的袖口搧風。「不行了……我沒力氣了……」

不期然地，一雙小小的繡花鞋來到她跟前，然後撿起地上的紙鳶，很小聲地說：「不是……這樣……」

就連奶娘也摀住嘴，既驚又喜地看著小主子主動跟別人說話。

「不是這樣嗎？」雙月納悶地問。

敏兒看了天空一眼，似乎在觀察什麼，然後看準了風向，一面跑一面放線，紙鳶很順利地飛了起來。

「飛起來了！」抬頭看著飛得好高的紙鳶，雙月不禁失笑，自己居然比一個小孩子還笨。「敏兒小姐好厲害，到底是怎麼辦到的？快點教教我……」

雙月的讚美似乎鼓勵了她，敏兒試著開口說明。「要……記得……放線……不要拉太緊……」

雖然說得斷斷續續，卻已經是個好的開始。

在旁邊目睹所有經過的奶娘不禁用絹帕拭著眼角，想著或許真的有人可以救救小主子。

「是誰教敏兒小姐的？」雙月循循善誘地問。

對眼前的婢女似乎不再那麼陌生，敏兒覷了她一眼，聲若蚊蚋地說：「是……我娘……教的……」

「真好，我也希望我娘能教我……」她真心地羨慕。「不如來比賽，看誰的紙鳶飛得高好不好？」

敏兒抬眼覷了下她，過了半晌才點頭。

於是，奶娘立即去把小主子最喜歡的紙鳶拿來，讓她們一起玩。

過沒多久，兩只紙鳶已經飛到半空中，而且愈飛愈高。

「哇……小心……不要打架……」雙月又叫又笑地拉扯著紙鳶的線，就怕兩只會纏在一起。

似乎感染到她的愉悅心情，敏兒揚起紅潤的嘴角，微微地笑了。

奶娘看到這一幕，感動地拭著淚水。

到了午時，她們在後花園的小亭子內用膳。

「雙月是奴婢，只能站著，不可以坐下。」雙月偷偷地觀察，見面前的小女孩情緒不再那麼緊繃不安，所以也更小心，就是不想踩到地雷，讓她又退縮回去原本的殼裡頭。

敏兒輕輕地搖頭。「沒、沒關係。」

「那麼奴婢就不客氣了。」她馬上坐下來，拿起碗筷就開始進食，玩了一個早上，肚子真的好餓。「敏兒小姐累不累？待會兒吃飽要不要繼續玩？」

「……好。」停頓了一下，敏兒才點了頭。

雙月用眼角看了下奶娘，見她沒有阻止，表示不再那麼戒備，心想今天就先跟敏兒拉近關係，明天再找機會問。

只不過雙月的如意算盤，到了晚上就被打亂了。

「真的明天就要回去？」她又確認一次。

薄子淮坐在花梨藤心扶手椅上，睇著雙月錯愕的神情，又看了看手上拆開的書信。「因為有些公事必須盡快處理。」

「那麼我留下來。」雙月馬上作出決定。

他將書信收妥，站起身來。「我不能讓妳待在這裡。」

「我不喜歡半途而廢，而且好不容易接近那個孩子，也開始信任我，現在說走就走，我真的辦不到。」她心意已決地說。

「雙月！」薄子淮握緊她的手，試圖說服。「這世上有很多事，不是妳想幫就幫得了，何況就算幫了，也未必就能達到心裡所希望的，妳必須去接受這個結果，不要對自己太過苛求……」

「如果沒有去試，又怎麼知道幫不上？」雙月大聲反駁。

「雙月……」

「你根本不能體會我的心情，我有一種感覺，只要救了那個孩子，就等於救了我自己，救了當年還只有十歲的那個我。」她還是很堅持，想要克服心底最後一道障礙，就必須這麼做。

「我是無法體會，更不放心把妳一個人留在這兒……」他也有他的顧慮。

「我都這麼大的人了，不會不見的。」雙月失笑地說。

薄子淮表情更嚴肅，手上的力道也更重了。

「我最怕的就是妳會突然不見，就像妳突然出現在這裡一樣。」他終於說出這陣子困擾自己的事。

聞言，雙月原本還想要繼續爭辯，這下所有的話全都卡在喉嚨了。

他們之間一直沒有討論到這個問題，因為連雙月也無法確定到底還能不能回去，還有自己能不能捨得下這個男人。

「這麼說妳明白了嗎？」薄子淮柔聲地問。

雙月的小嘴像是離了水的魚，一開一合，連著好幾次，終於找到了聲音。

「可是……那塊琥珀不是放在你那兒嗎？還有我來到清朝的目的也還沒完成，就算想回去，也不太可能吧。」她吶吶地說道。

他緊捉著雙月的小手。「如果完成了，妳還會想回去嗎？」

「我……我不知道。」雙月說的是實話。

想要回到原本的世界，或是留在喜歡的男人身邊，如今擺在天平上，兩邊的重量都快要一樣了，很難分出孰重孰輕。

可是現在最大的問題是不管選擇哪一邊，都有困難。

就算想回到原本的世界，沒有鬼阿婆，她真的回得去嗎？若選擇跟薄子淮在一起，只能當個侍妾，雙月說什麼都不願委屈自己，所以除了「不知道」，實在找不出更好的答案。

薄子淮不滿意這個回答。「難道妳不想留在我身邊？」

「我是真的不知道。」她茫然地說。

他眉間出現了幾道皺摺。「我只想知道在妳心目中，我是否比回到幾百年後的未來還要重要。」

「我……不知道。」雙月無法選擇。

聽到還是這個答案，薄子淮兩手改為扣住她肩頭。「妳怎麼會不知道？妳不是說過只喜歡我一個，既然這樣，就該選擇跟我在一起。」

雙月仰起臉蛋，滿眼的掙扎。「你會這麼認為並沒有錯，可是對我來說，愛情固然重要，卻不是人生的全部，離開你，我會很難過，這輩子也不會再跟別的男人交往，但是還有喜歡的工作和漫畫可以支撐我活下去……」

「妳的意思是就算離開我也不在乎？」他著惱地質問。

看著眼前這張盛怒的俊臉，這幾個月下來，大概也瞭解這個朝代的男人總希望女人凡事以自己為主，而且要以男人的意見為意見，偏偏她成長的環境並不是這麼教育自己的，何況她也做不來。

原以為薄子淮很清楚這就是她，想不到還是無法改變舊有的觀念，認為男尊女卑才是對的。

他們之間的羈絆恍若建立在冰塊上，太陽一曬就融化了。

「你喜歡我，不就是因為我和別的女人不一樣，因為我有自己的個性，以及獨特的想法，那麼就應該接受這樣的我，而不是強迫我來配合你。」雙月也要捍衛自己的權利。

這句話像是點醒了薄子淮，讓他深吸了口氣，也鬆開十指。

雙月說得沒錯，自己不就是喜歡她這份主見和獨立？可還是無法完全拋棄傳統的想法，認為女人就該聽男人的意見，就該以他為天。

兩人都沒有說話。

「看來還是找不到解決的法子……」雙月唇角噙了抹無力的笑意，老是要為了這些事而爭執，真的很累。

「可是……我還是不想放妳回去。」薄子淮道出心中最深的期盼。

聞言，她眼眶驀地紅了。

不是不喜歡對方，也不是非要離開不可，而是無法確認這份感情是不是值得她拋下一切，也要得到它。

她並不天真，也很清楚現實中的愛情不像少女漫畫，男女主角就算經過一番波折，最後的結局還是HE（Happy Ending）。

所以為了確認這份感情值不值得她投入，她真的很掙扎，雖然過程中不免會感到沮喪，但這也是為了不想將來後悔，更是為了雙方著想，不希望彼此的愛到了最後變成了憎恨。

「我知道。」雙月將額頭抵在他的胸前，哽聲地說。

薄子淮同樣眼眶發熱，只是圈緊她的身子，就怕她真的從眼前消失了。

「……我讓你很頭疼吧？」她眨去淚水笑問。

「的確很頭疼。」他淡淡一笑。

「這不會是最後一次，你要有心理準備。」雙月半揶揄地說。

「我想也是如此。」薄子淮笑嘆。

雙月笑聲帶了抹苦澀。「貴志從小就在親戚們的家中輪流住過，可是始終找不到歡迎他回來的家……」

愣了片刻，薄子淮才想起這是不久之前，雙月曾經說過的故事，有些不解她的用意。「後來不是有對夫婦願意收養他，也真心的接納了他？」

「嗯，他終於找到一個可以安心回去的家，可以收容他的喜怒哀樂，不需要再看別人的臉色，或擔心被趕出門。」這是她從小到大的夢想，那個家裡頭有爸爸媽媽，有孩子的笑聲，就算哭泣也是幸福的。

在這一剎那，薄子淮明白了她是在藉由這個可以看到妖怪的孩子，來傾訴心中的渴望，以及想法。

「在找到心目中的那個家之前，貴志靠著自己的力量，一直都很努力，從來沒有放棄過，他也沒有因為受到別人排斥而變壞，反而更懂得體貼別人，最後他的等待得到了回報，終於有了屬於自己的家人。」雙月想要讓這個男人知道，在找到真正的「家」之前，她是不會輕易妥協的。

薄子淮似乎懂了，又似乎不是很清楚。

他只知道無論如何都不能讓雙月回到未來。

要一輩子把她留在身邊。

過了一夜，薄子淮依然不改初衷，堅持不讓她獨自留在江陰縣，令雙月陷入苦思當中。

難道沒有其他辦法了嗎？

如果是在漫畫裡頭，柯南會如何讓兇手自動現形？

雙月用著有所求的眼神望著在小全子伺候下，正在用膳的薄子淮，無非是希望他能改變主意。

而在她近乎哀求的目光下，薄子淮不許自己心軟，萬一真像雙月所言，那麼為了掩蓋罪行，到那個時候，江陰縣知縣不曉得又會做出什麼舉動，他絕對不能把她一個人留在危險當中，打算暗中派人調查。

可是對雙月來說，這種事不能等待，因為多等一天，那個叫敏兒的孩子就多受一天的苦，甚至可能會發生不可挽救的悲劇。

她腦中靈光乍現，想到置之死地而後生這一招。

「要上哪兒去？」見雙月說也不說就往外走，薄子淮立即開口。

「回大人，因為待會兒就要離開了，所以奴婢想親自跟敏兒小姐告辭，很快就回來。」雙月態度上的恭謹讓他的眉心多了道皺摺，正在猜測她的用意，人已經跑出去了。

雙月加快腳步，往另一頭的院落而去。

待她來到一間寢房外，便往門上敲了兩下。

出來應門的是奶娘。「是妳。」

她還是希望能夠見到本人，不是讓別人來轉達。「因為我家大人今天就要離開江陰縣，所以我來跟敏兒小姐辭行，可以讓我見見她嗎？」

奶娘讓到一旁。「進來吧。」

道了聲謝，雙月不由分說地跨進了房內，就見到敏兒像一尊娃娃般，安靜地坐在椅子上，手上則抱著最愛的紙鳶，昨天兩人聊過之後，才問出那是她死去的娘親手做的。

「小姐很期待今天再跟妳一起放紙鳶。」奶娘惋惜地說。

一聽，雙月心裡更不捨了。「敏兒小姐，奴婢等一下就要離開這裡了，不曉得什麼時候才能來看妳……」

敏兒抱著紙鳶的小手微微一顫。

「奴婢只知道那不是敏兒小姐的錯，也不是因為妳不乖、不聽話才會發生那樣的事。」雙月很清楚不少孩子會有這種想法，以為問題是出在自己身上。「不管對方是什麼人，都沒有權力那樣傷害妳，所以奴婢才一直想要幫忙，可是……就算伸出了手，也要敏兒小姐肯抓住才行。」

她不禁嘆了口氣。「只是現在奴婢必須離開了，就算想幫敏兒小姐，恐怕也幫不上忙。」

見敏兒還是低頭不語，雙月心裡真的好著急，要是連這一招都不管用了，真的就無計可施。

「奴婢很高興能認識敏兒小姐，希望還有再見面的一天。」說完，雙月只得站起來，轉身出去。

走到外頭，雙月曲起指節敲著自己的頭，希望能再想出更好的點子。

薄子淮見到她一臉頹喪的回來，也不再多問。

「走吧。」他已經先命楊千總他們把細軟拿上車，隨時可以啟程。

她悶悶不樂地頷首，也回房去取自己的東西。

結果，自己還是幫不了忙。

雙月抱著細軟，跟在薄子淮身後，心情沈重地往大門的方向走。

「制台大人難得來一趟，若招待不周，還請多多見諒。」一身官服的江陰縣知縣伍皓親自送客。

聽到這個男人的聲音，雙月抬起頭來，恨不得用眼神瞪穿他的假面具。

而薄子淮也在同時端詳此人，因為曾是阿瑪的門生，也因為相識多年，所以給予了信任，是否因此忽略了他的另一面。

「伍知縣客氣了。」

正當一行人要步出衙門大門，身後傳來奶娘的叫喚。

「小姐！小姐！」

所有的人都不由得回頭看。

只見敏兒正朝這兒跑來，不是奔向她的爹，而是撲到雙月身上，然後放聲大哭。「不要……不要走……」

「敏兒！」伍皓低斥一聲，然後朝奶娘命令道：「快把小姐帶回房去！」

這回，奶娘決定不再聽他的，咬著牙說：「我要是再忍氣吞聲下去……小姐就真的太可憐了……」

伍皓臉色丕變。「妳在胡說些什麼？」

「敏兒小姐別怕，奴婢和制台大人都會保護妳的。」雙月抱緊懷中的孩子，要讓她知道自己是站在她這一邊。

「敏兒，到爹這兒來……」伍皓作勢要將女兒拉走。

敏兒一面哭一面說：「不要……你不是我爹……」

伍皓大聲斥責。「不許胡說！」

「不要對她吼！」雙月把油紙傘當成武器，使勁地往對方身上打。

薄子淮連忙將她拉回來，俊臉一沈，開口質問：「究竟是怎麼回事？」

「制台大人，這是下官的家務事……」伍皓只想快點把兩江總督送走。

奶娘當場跪下。「求制台大人救救我家小姐，其實……我家小姐不是知縣大人親生的……可是就算她的娘親有錯，孩子也是無辜的……知縣大人知道之後，不但逼小姐的娘親懸樑自盡……每天晚上更用惡毒的話來辱罵小姐，還說了很多難聽的字眼……小姐這麼小……錯不在她身上……」

「住口！住口！」伍皓不想讓別人知道自己被妻子戴了綠帽，那是天大的恥辱。

「其實小姐的娘親也是被知縣大人強娶來的，原本家中已經幫她安排了一樁婚事……她心裡喜歡的是那個男人……」奶娘嗚嗚咽咽地說道。

「我叫妳住口！」伍皓惱羞成怒地咆哮。

「楊千總，摘了他的頂戴！」薄子淮面無表情地下令。

「是。」楊國柱聽完大致的經過，完全贊同。

直到這時，伍皓還企圖辯解。「制台大人……」

「本部堂也要自請處分，因為沒有看出你會做出這種人神共憤的事來，更何況人命關天，無論有天大的理由，都不能憑藉一己之私來決定，若再把江陰縣交給你來治理，又豈是百姓之福？」薄子淮口氣嚴厲，毫不留情。

「楊千總，先將他關進大牢。」

「是她先對不起下官……制台大人……」伍皓被押著走，還是一路喊冤。

無視伍皓的叫嚷，薄子淮又說：「萬才，立刻去把縣丞請來。」

萬才不敢怠慢地走了。

「多謝制台大人……」奶娘感激地磕頭。

薄子淮神色稍緩。「快起來吧。」

而雙月這一邊，看著哭到不斷抽搐的敏兒，也是淚流滿面，更慶幸不是預想中的那種「傷害」，這應該是不幸中的大幸。

「大人之間的問題，不該拿孩子出氣……」雙月掏出絹帕幫她拭淚，精神上的暴力也是不可原諒。

奶娘用袖口拭淚。「幸虧有妳注意到，才能救了小姐。」

「那麼接下來該怎麼辦？她還有其他親戚可以投靠嗎？」她才這麼問奶娘，就感覺到自己的左手被緊緊地握住，低頭一看，只見敏兒抓著她不放，那是信任，也是依賴。

她說過要敏兒抓住自己的手，那麼就要說到做到，可是又擔心老夫人那兒不答應，不禁有些為難。

於是，雙月馬上用乞求的眼神望向薄子淮，無聲地傳達。
薄子淮接收到訊息，想裝不懂都不行。
還不行嗎？她更「用力」地望著他。
他眼角抽動一下。「妳確定要這麼做？」
「至少等她的狀況好轉之後再說……」雙月希望能讓敏兒恢復到這個年紀的孩子應有的模樣，才算是真正的幫她。「還有奶娘也要一起回去。」
府裡多兩個人是無妨，問題是額娘那邊總要有個好理由，只好先隱瞞有關伍皓的事，之後再想其他的辦法。
「那就這麼辦吧。」薄子淮也不想讓她的努力白費了。
「多謝制台大人……」奶娘想到不用跟小主子分開，喜極而泣。
於是，薄子淮暫時把江陰縣交予縣丞來代理，等到把這事往上稟奏，新知縣上任為止。
至於伍皓，也因為逼死一條人命，雖說是不甘戴了綠帽，不過薄子淮還是將他交給縣丞依法處置。
為了這件事，又耽擱了一天才啟程回江寧。
雙月坐在驢車上，微笑地看著身邊的敏兒，那只紙鳶還是一樣不離身。
驀然之間，她想到那天晚上見到的白影，雖然有月光，可是紙鳶上頭還有彩繪，在夜裡看起來應該是深色的才對，還有……

她聽到的怪聲又是什麼？

莫名地打了個冷顫，突然覺得有點冷，雙月搓了搓手臂上的疙瘩，看來這個謎團還是沒有解開。

不過在漫畫裡頭，有時作者也會故意留下一些謎團，讓讀者們去猜，未必一定會有答案，所以還是不要再去追究了。

第六章　分手

出門半個多月，一行人終於又回到了江寧。

薄子淮這趟微服出訪，收穫頗豐，不過後續還有許多問題等待處理，在返回家門之後，換了件便袍，便先去見老夫人了。

而雙月則是帶著敏兒和奶娘來到二小姐生前居住的院落，經過薄子淮的同意，可以讓她們暫時居住在這裡，還讓管事另外遣兩名婢女過去伺候。

「敏兒小姐就安心地住下來，奴婢會每天抽空來看妳，還有陪妳放紙鳶……」她希望這麼說能消除敏兒初來乍到的不安。「有任何需要，可以請奶娘來跟奴婢說一聲，奴婢會想辦法的。」

敏兒拉著她的手，久久才點頭。「雙、雙月……」

「什麼事？」見她已經願意開口說話，雙月知道狀況還不是太嚴重，一定很快就能恢復正常了。

她怯怯地說：「謝、謝謝。」

「不客氣。」其實雙月也該跟這個孩子道謝才對，因為在這次的事件當中，她們救了彼此。

「敏兒小姐，妳要牢牢記住一件事，那就是錯不在妳身上，大人之間的恩怨，是他們自己要想辦法去處理，偏偏有些大人就是喜歡遷怒，一味地把憤怒加諸在沒有抵抗能力的孩子身上，以為這麼做就可以把責任推得一乾二淨，不過那是不對的，所以妳千萬不要自責。」

「……嗯。」敏兒癟了癟小嘴。

「那麼奴婢先去忙了。」說完，雙月又跟奶娘說了幾句話，要她們有空可以出去熟悉一下環境，這才離開。

待雙月抱著自己的細軟回到住的地方，因為所有的婢女都去做事，自然不見半個人影，便將幾件待洗的衣物拿出來，看到那把在梳篦鋪子裡買的木梳，雖然是薄子淮送她的，不過還是決定轉送給一直以來就很照顧自己的小惜。

她才這麼想，卻見原本小惜用來置放私人物品的位置空空如也，心裡有些困惑，又看見擺放衣服的地方也是空盪盪的，更是納悶。

「難道是換房間了？」她只能這麼猜測。

就在雙月把東西都歸回原位，這才踏出房門，正好有人回來。

「雙月，妳可回來了……」同樣住在這個院落的另一名婢女，因為月事剛來，肚子實在不舒服，便跟包嬤嬤請了假。

對方的口氣讓她心頭震了一下。「出了什麼事？」

「小惜她……」婢女想到好姊妹的遭遇，不禁悲從中來。

「她怎麼了？」雙月忙問。

「老夫人把她……把她賣了……」婢女哭哭啼啼地說。

聞言，雙月臉色一白。「賣去哪裡了？為什麼要賣了她？」

「那天小惜突然被老夫人叫去，也不知問了什麼，然後就被包嬤嬤帶走了……」婢女不平地說道：「咱們後來才聽說是因為……」

雙月掄緊的拳頭因為憤怒而發抖。「因為什麼？」

「因為妳讓老夫人不高興，而小惜跟妳又很要好，所以……」那名奴婢說得吞吞吐吐的，不過雙月一下子就聽懂了。

這就叫殺雞儆猴嗎？她悲憤不已地思忖。

「是我害了她……都是我害的……」雙月就是擔心老夫人會找自己身邊的人麻煩，所以才特別叮嚀小惜，要她多注意，想不到還是發生了。

那名婢女面有難色。「妳還是快去跟老夫人賠罪，要不然……」後面的話沒有說出口，其實意思很明顯了，就是擔心輪到其他人倒楣了。

「妳知道小惜姊被賣給誰嗎？」雙月追問。

「包嬤嬤不肯說。」她搖了搖頭。

雙月身子不禁晃了兩下，臉色比紙還白。

忖。

「我現在就去問包嬤嬤……」要先知道小惜被賣給哪一戶人家才行，雙月一面跑一面喘地思忖。

等到雙月終於找到包嬤嬤，對方一樣不肯說出她的下落。

「這件事與妳無關，快回去做妳的事……」包嬤嬤心煩地趕人。

她愈想心裡就愈內疚。「怎麼會跟我無關？我只想知道那一戶人家的主子是個好人嗎？一樣是在江寧嗎？」

包嬤嬤又板起了臉孔。「好不好又能怎樣？她很清楚自己的身分，也很認命，好了，快回去做事。」

因為是婢女，所以不管被賣給誰，都要認命，也根本無力反抗，這幾句話不停地在雙月腦中盤旋著。

「可是婢女也是人哪……」雙月哽聲地說。

人不是畜牲，不是豬牛羊，可以說賣就賣的。

這到底是什麼世界？

雙月一臉悲憤地往前走，她已經忍得夠久了，決定去跟那個歐巴桑攤牌，她只不過比別人好命，這輩子才可以當主子，婢女也是人家父母生的，而且辛辛苦苦才養到這麼大，不是讓這些自以為高尚尊貴的人糟蹋的。

她為什麼要費盡心思拯救這個家族？

這又算什麼積善之家？

「雙月？」薄子淮才從額娘那兒回來。

他除了去請安之外，也順道稟明伍皓的女兒在府裡作客一段時日的事，不過暫時隱瞞了有關伍皓所犯的罪行，正要回到居住的院落，卻見雙月慘白著一張臉，迎面走了過來。

沒有聽見他的叫喚，雙月腦中全然被狂怒所取代，直直地越過他。

薄子淮一把拉住她的手腕。「到底怎麼回事？」

經過這個拉扯，雙月才回過神來，認出眼前的男人是誰，眼底流露出忿恨之色。「我要去找你那個額娘算帳，不要攔我……」

「妳到底在說什麼？」薄子淮意識到不對勁，將她抓得更緊。

雙月氣紅了眼，連聲音都輕微地發抖。「我說我現在要去找老夫人算帳，這樣聽懂了嗎？」

「跟我來！」擔心隔牆有耳，畢竟這座府邸，掌握大權的還是額娘，薄子淮只好硬是將她拖離現場。

「放開我！」她已經氣到快抓狂了。

「回去再說。」他不讓雙月有機會逃脫。

這一路上，雙月走得腳步踉蹌，一再地嘗試甩開箝制，最後還是被拖回東邊的院落，拉進寢房旁的小廳內。

「究竟發生什麼事了？」薄子淮第一次看到她氣到失去理智的模樣。

「你知不知道老夫人把小惜姊賣掉了？」她失控地大吼。「從我第一天來到這座府裡，小惜姊就很照顧我，也對我很好，沒想到就因為這個原因，被我連累了，你那位自以為高貴的額娘要是真有本事的話就直接衝著我來好了，不要用這麼卑鄙無恥的手段……」

「妳先冷靜下來……」他試圖緩和雙月的情緒。

「也許在這裡，一個婢女的命跟牛羊豬差不多，可以說賣就賣，也已經司空見慣，不足為奇，因為你們都認為奴僕就是自己的財產，可以隨便處置他們，但是在未來的世界，講究的是自由和人權，這種行為是犯法的，我無法忍受這種不公不義的事……」雙月說得聲淚俱下。「婢女的命已經夠低賤可悲，還得任人買賣……我為什麼好好的日子不過，要到這種鬼地方來當婢女……」

不待雙月吼完，薄子淮將她緊緊地按在身上，緊緊地抱住她。「我不會讓妳發生那種事的……」

豆大的眼淚不斷地從雙月眼中滾下來。「你能有什麼辦法？就算從了你，幫薄家生了孩子，也無法改變我的身分和命運……你永遠無法體會被貼上婢女的標籤，是件多麼屈辱的事……」

雙月把心中的憤懣一吐為快，力氣似乎也用光了。

「這就是你和我之間一直無法達成共識的原因……」她仰起淚顏，一個字一個字的道出心聲。「就算我再怎麼喜歡你，以後也不會像這樣再去喜歡其他男人，可是對我來說，我最愛的人還是我自己，在你無法用同等的感情來面對我之前，我只能說一聲抱歉，因為我也無法全心全意地回報。」

「那麼妳要我怎麼做？」薄子淮開口低咆。

她悲傷地望著他。「不是我要你怎麼做，而是……你根本什麼也沒辦法做，你有必須遵守的規矩，你也有要盡的責任，我很清楚你的身不由己，所以更不能要你拋棄那些東西，那太自私了，這才是最令人難過的地方。」

「既然妳都明白，為何就不能體諒我？」他真的不懂。

「如果現在我體諒你了，甚至願意做一切的妥協，也終於可以跟你在一起了，可是那個真正的我，還有曾經被你欣賞、讓你心動的那個我也就完全死了……」

雙月哀傷地笑了笑，才繼續說道：「就因為我的堅持，還有不願為現實而低頭，才能活到今天，所以我很珍惜這樣的我，即使是為了喜歡的男人，也不會改變；就算我真的回不去了，有一天會死在這個朝代當中，但直到嚥下最後一口氣，我也可以走得抬頭挺胸，因為我還是原來的那個我。」她沒有辱沒之前所做的努力。

薄子淮抽緊了下顎，看著眼前這張在淚水中，眼神依然閃爍堅強的光芒、不肯退讓半步的小臉，當她有朝一日變得跟其他女人一樣，為了自己所愛的男人而委曲求全，什麼也不敢說、不敢做，原本的特質和光芒盡失，那就是他要的嗎？

他不得不承認，自己對雙月的感情真的是又愛又恨。愛她的主見，但是也恨她比其他女人有獨立思考的能力。更恨她……讓自己這麼為難。

「所以我們……分手吧。」

雙月緊閉了下眼皮，最後決定這句話由她來開口。

「分手？」薄子淮一臉怔愣。

「男女之間交往，一旦發現觀念和個性不合，已經走不下去了，那麼便只有分手這條路。」再這樣吵下去也不會有結果。

薄子淮從齒縫中迸出話來。「咱們之間何來的不合？」

「眼前的問題不過是冰山一角，如果我和你真的在一起了，老夫人容得下我嗎？你真的可以不娶正室嗎？那麼傳承薄家香火的嫡子要從哪裡來？一個侍妾生的兒子是沒有資格的不是嗎？」雙月索性把話說白了。「當我弄懂這些關係之後，還一直說服自己一定可以找出法子來解決的，但是現在不得不承認，這世上有些事真的光是努力也沒用。」

「所以妳打算放棄了？」他喉頭有些梗塞。

在今天之前，薄子淮可從來沒想過會被喜歡的女人拒絕，而且還當著自己的面說不要他了。應該覺得有失顏面？還是沒面子？

不！他只感到慌亂失措。

「不放棄還能怎樣？難道要眼睜睜地看著老夫人又拿誰來開刀，好讓那些原本跟我還不錯的奴僕嚇得趕緊和我劃清界線？如果這就是她的陰謀，那麼我要恭喜她贏了……」雙月語帶諷刺，可不在乎這個男人是那個歐巴桑的親生兒子。

「現在倒希望她把我賣了，要不然我真的想要以下犯上，先一把抓住她的頭髮，然後狠狠地甩她幾個巴掌，不要以為我做不出來。」有人敢欺負她，她會馬上還擊的，這就是雙月的生存之道。

「再給我一點時間……」薄子淮嘗試著讓她打消念頭。

「你不需要為難，我也不是想用這種方式逼你和自己的額娘作對，這不是我要的目的。」她想要表現得很灑脫，只要揮一揮衣袖，就能不帶走一片雲彩，可是鼻頭還是忍不住酸了。

「就像我說過的，愛情並不是人生的全部，就算有這麼一點缺憾，但你仍可以盡自己該盡的責任和義務，沒有對不起皇上，還有你們薄家的祖先，這樣也就值得了，所以……我們分手吧。」雙月終於把想說的話說完了，甚至不敢去看面前這個男人的表情，就怕自己會心軟了。

在更多的淚水奪眶而出之前，雙月轉身奔出了小廳。

她一直跑著，視線也愈來愈模糊。
直到穿過那道月洞形的園門，只想在花園裡找個安靜不受打擾的地方，然後好好地大哭一場。
雙月跪倒在一棵樹幹旁，整個人伏在地上痛哭。
明明是她提出分手的，為什麼這麼難過？
這是最好的選擇不是嗎？
只有這麼做，薄子淮就不用夾在自己和額娘之間左右為難，可以去娶妻生子，可以讓薄家早日有後，更不會再有人因為她而被賣掉，或是遭到家法伺候，所以她這麼做沒有錯。
是啊，她哪裡錯了？
早就應該這麼做才對。

雙月作了一個夢，不過已經忘了夢到什麼，當她第二天哭著醒來，只能頻頻用冷水敷眼皮，希望能減輕刺痛和紅腫。
想起昨天把事情談開之後，她不確定薄子淮心裡怎麼打算，只知道氣氛又陷入了低潮，彼此似乎都不曉得還能再說什麼或做什麼來挽救。
不過她並不後悔，就因為付出過，才瞭解它有多痛。雙月比任何人清楚人的一生當中不是都平坦順利的，也會有坎坷和淚水，可是這些都是專屬於自己的寶物，會隨著這些歷練而成長，變得更堅強。

待她想把早膳端去給薄子淮吃，才聽說他已經用過了。

「大人說有很多公事要處理，方才已經出門了。」雙月問了小全子，得到了這個答覆。

她「喔」了一聲，有些失落感。

明明已經分手，可是心裡還是眷戀著兩人這陣子相處的時光，雙月不禁自嘲地敲了敲額頭，要自己振作一點。

雙月開始捲起袖子，打掃整理寢房，可惜手邊沒有漫畫可以轉移心思，只好藉由忙碌來讓自己不要再胡思亂想。

直到午時時分，工作才告一段落。

她抱著要曬的被子，來到專門用來晾衣服的空地，原本在那兒打水洗衣的幾個婢女，一見到她紛紛把頭撇到一旁，然後火速地做完手邊的工作，一個個離開現場。

這種疏遠的反應跟之前的熱絡完全不能相比，雙月心裡馬上有數，不過也沒有資格責怪人家，反而覺得這樣也好，至少不用擔心又會牽連到無辜的人。

逕自將被子曬在竹竿上，雙月一面拿起藤條往上頭拍打，一面想著等今晚薄子淮回來，還是要拜託他去問問包嬤嬤，到底把小惜賣到哪裡去了，沒有確定對方過得好不好，甚至是當面道歉，真的會良心不安。

「……鬼阿婆，這就是妳要我救的薄家嗎？還是妳也認為當主子的就應該這樣對待奴僕？」雙月只是想要抒發情緒，也沒有寄望她真的會現身。「若不是為了妳的曾孫子，我根本就不想管，更別說幫忙了，這種可惡的家族絕後算了……」

雙月嬌哼一聲。「妳不要說我這個人無情，只能怪妳有那樣自私自利、心胸狹窄的孫媳婦，就算祖先做了多少善事，也無法彌補一時之惡，再多的福氣也會有用光的一天，妳該做的是去改變她的想法……」

她一個人自言自語著，手上的藤條揮打得更用力，乘機發洩一下怒火，不然憋到都快瘋了，直到把被子裡的棉絮拍鬆，心情總算好多了。

「沒關係，就算只有一個人，我還是會想辦法活下去的……」雙月仰望著天上的白雲，想到漫畫中的主角就算被強者打敗，還是會愈挫愈勇，再度進化，直到登上頂峰的那一天為止。「所以那個歐巴桑要是想用這種卑劣的手段來整倒我，可還差得遠，我不會就這樣認輸的。」

只不過當雙月打算到廚房吃她的午飯，卻見到了一個不想見的人，每回只要遇上她準沒好事。

金蘭就是在等她回來。

「上哪兒偷懶去了？」金蘭口氣很酸地問。

對方的口氣讓雙月蹙起眉心。「妳有什麼資格這樣問我？」同樣是婢女，這個女人當自己是小姐嗎？

被這麼反嗆，金蘭臉色變了又變，冷冷一笑。「有表少爺撐腰就是不一樣了，聽這口氣可真是大得很。」

「如果妳是太閒了想要吵架，去找別人，我很忙。」雙月懶得跟她囉嗦。

見雙月不把自己當一回事，金蘭更是恨得牙癢癢的。「我家小姐要見妳，快點跟我走吧。」

*怎麼又來了？*雙月往上翻了個白眼。

實在搞不懂這位表小姐動不動就「召見」自己做什麼，其實不用問也知曉一定又是為了薄子淮，不過與其約談她，還不如多用點腦子去想要如何抓住那個男人的心才對。

「我等一下再過去。」她肚子正餓呢！

金蘭大為不滿。「別以為妳現在是表少爺的人了，就可以這麼神氣，等我家小姐嫁進薄家，妳別想有好日子過。」

原本想要澄清和薄子淮之間的關係，不過聽完她這番威脅，雙月也不想浪費唇舌，因為對方根本不會相信。

「妳確定表小姐真的會嫁進薄家？」雙月不怒反笑地問。

金蘭洋洋得意地說：「那是當然。」

「那麼真要恭喜表小姐了。」她不想讓別人看到自己的心痛和眼淚。

對於雙月這聲恭喜，金蘭可不認為是真心的。

「快跟我走！」說完，自己率先舉步。

雙月也不得不先去應付一下，早點解決就能早點回來。

於是，她一面想著別的事，一面跟著金蘭來到吳夫人母女居住的院落。

「小姐，她來了。」

金蘭的聲音讓雙月回過神來，才要把注意力拉回到表小姐身上，卻見眼前人影一閃，一個巴掌就要摑了下來。

幸好雙月反應夠快，及時往後退了兩步。

當她定睛一看，作勢打人的居然是吳雪琴。

「表小姐？」之前對吳雪琴的印象，總是文靜怯懦，絕不是個會動粗的女人，所以雙月不禁有些錯愕。

吳雪琴秀容上不見一絲溫吞，只有濃濃的妒忌。「之前問過妳和子淮表哥之間的關係，妳口口聲聲說沒有，我還當真信了，想不到卻被妳騙了。」

女人一旦嫉妒起來，整個人都會變了樣。

雙月嘆了口氣，少女漫畫中的女配角不都是這樣欺負女主角的，還會要脅對方不要妄想跟男主角在一起，實在不該感到驚訝才對。

「是不是妳在子淮表哥面前說我壞話，所以他遲遲不肯點頭答允婚事？妳也不過是個卑賤的侍妾，別以為當得了正室……」吳雪琴口不擇言地罵道。

還真是變了一個人似的，雙月咋舌地心忖。

追根究柢，女人之所以會有這麼可怕的嘴臉出現，男人要負一半以上的責任，而女人也真是不爭氣，為了一個男人，不惜讓自己墜入地獄，變成了醜陋猙獰的魔鬼，真想叫表小姐看看鏡中的自己，搞不好也會被嚇到。

見雙月心不在焉，壓根兒不把自己放在眼底，吳雪琴心中的怨妒更深了。

只要想到子淮表哥從來沒用正眼看過她，自己的額娘也老是嫌她沒出息，這麼多年來積壓在心中的憤恨亟欲找到出口。

吳雪琴指著她的鼻子，發出尖銳刺耳的笑聲。「等著瞧好了，只要我嫁給子淮表哥，我第一個先把妳配給府裡頭最老最醜的奴才，我真想看看到時妳會是什麼表情，一定很精彩……」

她錯了，之前還認為這位表小姐跟吳夫人一點都不像母女，這句話說得太早，現在她可以肯定地說，真是有其母必有其女，她們不愧是母女。

「怕了嗎？」吳雪琴見她不說話，以為雙月嚇呆了。

雙月一臉平靜地說：「表小姐若是說完了，奴婢要去幹活了。」

「小姐，瞧瞧她根本就不把妳當作一回事。」見主子好不容易有了未來當家主母的氣勢，金蘭忙在旁邊敲著邊鼓。

讓婢女這麼煽風點火，吳雪琴冷笑一聲。「或許要讓妳跟那個叫小惜的婢女一樣的命運，妳才會知道害怕。」

「什麼意思？」聽她提起小惜的名字，雙月表情一凜。

吳雪琴原本秀美的臉蛋因為嫉妒而扭曲。「妳以為舅母是怎麼知道那個叫小惜的婢女跟妳最要好？」

聞言，雙月瞠大雙眼。「是妳說的？」

一旁的金蘭得逞地笑了笑。「我可是費了一點功夫才探聽出來，就算表少爺會出面袒護妳，不過可不會在意其他婢女的死活。」

「我倒要看看還有誰敢再跟妳說上半句話。」就因為子淮表哥從未對任何女子動心，連同那兩名小妾，也碰都不碰一下，所以吳雪琴相當的放心，可是這個叫雙月的婢女出現之後，一步一步地讓她感受到威脅，只要想到子淮表哥連微服出門視察民情，都將她帶在身邊，女人的直覺也告訴自己絕對不能再容忍下去。

她不能再軟弱和被動，也不想再被瞧不起了，只要能嫁給子淮表哥，任何心機和手段都可以使得出來，吳雪琴逼自己要強勢起來。

雙月怒瞪著眼前這對惡毒的主僕，很想撲上去抓花她們的臉孔，不過瞥見兩個女人都是一臉「快點生氣啊，我等著看」的陰險表情，她馬上嚥下了這口氣，不想上當，讓人抓到把柄。

「表小姐，我不管妳是信佛教還是薩滿教，但是不要忘了那些神都是有長眼睛的，妳的所作所為祂們全都看得一清二楚。」就像自己所做的一切，都瞞不過上帝，所以絕對不能做壞事。

「妳、妳這是在恐嚇我？」吳雪琴臉色一白。

「不是，只是提醒一下而已。」跟這對主僕似乎已經沒什麼好說的了。「奴婢還有很多事要做，先告退了。」

經過方才的對話，也認清了表小姐的真面目，雙月更加明白下次一定是直接衝著自己來，無論會在老夫人面前怎麼編派她的不是，也都無所謂了，因為嘴巴長在別人身上，是阻止不了的。

雙月不禁想起那些古裝戲，女人之間為了爭寵，陷害對方算是小兒科，最糟的是企圖致人於死地，來個永除後患，如果真的走到那個地步，她可不想待在這兒等死，得想辦法離開這裡。

不過她還能去哪兒呢？

傍晚左右，雙月聽說薄子淮已經回府，於是捧著曬乾的衣物，急急地回來。

「小惜姊！」

當她看見走在小全子身旁的婢女，著實愣了好幾秒，才反應過來，真的沒有認錯，是以為已經被賣掉的小惜。
「雙月！」小惜也同樣喜出望外。
兩個人不約而同地奔到對方的面前。
「小惜姊，妳不是已經……」雙月驚喜地問。
她鼻頭泛著酸楚。「是大人命管事去把我重新給買了回來，否則咱們這輩子恐怕再也見不到面了。」
「真的嗎？」沒想到薄子淮願意為自己這麼做，雙月真的感動到不知該怎麼形容才好。
「當然是真的。」小惜點頭如搗蒜。
「小惜姊，真是對不起，因為我的關係，害妳受這種罪，這些日子過得好不好？有沒有被人家欺負了？」她終於可以當面表達歉意了。
「反正當婢女就是這麼回事，只要想開了就好。」小惜吸了吸氣，由於生性認命，並沒有放在心上。
雙月搖了搖頭。「小惜姊又沒有做錯事，不管是什麼理由，都不能這樣對待妳，我也不可能袖手旁觀。」
「妳這種不服輸的性子很容易害苦自己。」她嘆道。
對於小惜的評語，雙月只是不以為意地笑了笑，自己若是會聽天由命，這一生早就被毀了。

小全子見她們一臉開心，自己可是笑不出來。「妳們也別高興得太早，這麼一來，要是讓老夫人知道了，跟大人之間的母子關係只怕會鬧得更僵。」

聞言，雙月心口一沈。「大人呢？」

「方才去了書房。」小全子說。

雙月將捧在手上的衣物先交給他，轉身就往書房走去。

若不是因為她，薄子淮絕對不會故意跟自己的母親唱反調，因為對他來說，這是不孝的行為。

不過雙月也不會矯情地說不希望他這麼做，那未免太虛偽了。

所以唯一能做的事，就是真誠地道謝。

來到書房門口，就見坐在書案後頭的男人正埋頭寫著東西，想到他忙於公事之餘，還不忘為她設想，雙月希望自己也能有所回報。

「……我能進來嗎？」

薄子淮抬起俊臉，以他對雙月的瞭解，見到她並不覺得驚訝，也知曉是為何而來。「當然可以。」

「你先忙你的，我可以等。」雙月進門之後說道。

他頷了下首，低頭寫著書信，又過了片刻才停下手邊的動作，將信件收妥之後，才從書案後方走了出來。

「妳見到人了。」用的是肯定句。

雙月點了下螓首。「我來就是要謝謝你，讓你為難了。」

「我要的不只是感謝……」薄子淮深深地看著她。「而是不想就這麼跟妳『分手』，妳不是說過，還不到最後關頭，都不能輕言放棄嗎？」

她也不願意。「可是……」

「妳先不要想太多，這事兒就交給我。」他握住雙月的小手說道。

「老夫人要是問起小惜姊的事，你要怎麼回答？」雙月大概也猜得出一定會以為是她唆使的。

薄子淮胸有成竹地笑了笑。「不用擔心，這件事我會想辦法應付的，現在只希望妳不要太快放棄我就好了。」

其實他正在考慮，是否該在外頭購置間別室，好讓雙月搬到那兒居住，也可以遠離額娘，這是目前能想到的法子。

聽薄子淮說得這麼委屈，只怕還是他第一次對女人說這種話，就算雙月不希望產生一絲動搖，也很難再堅持下去。

「咱們並不是對彼此無意，不是不喜歡對方，那麼為何非要鬧到分手不可，我實在無法理解。」薄子淮皺著眉說。

她苦笑著說：「因為愛情不是兩個人的事，還包括了雙方的家庭，要是對方的父母不願意接受自己，勉強嫁過去，也得不到應有的尊重和幸福，夫妻也會因此發生口角，與其天天吵吵鬧鬧，甚至大打出手，還不如在愛得還不夠深時就分手，彼此也都還能記住對方最美好的一面。」

「原來如此。」他可以理解這番話的意思。

雙月咬了咬唇。「我不希望到了最後，卻憎恨起這段感情，因為它讓我這麼痛苦，更讓你左右為難。」

「妳一定要這麼理智嗎？」薄子淮很想嘆氣。

她並不否認。「我也不想這樣，甚至希望什麼都不要考慮，就算沒名沒分，只要能跟你在一起就好，不過依我的個性，不用三天就會後悔，覺得自己好傻好天真，為了一個男人做出這麼大的犧牲。」

薄子淮臉上又出現了三條黑線。「犧牲？」

「就是所謂的男女平等，既然選擇在一起，如果只有一方在付出，那就太不公平了。」雙月撇了撇嘴角。「我知道對你來說相當的不以為然，不過為了經營一個家，雙方都要站在同一個立足點上，可是在這個朝代，你是主子，我是婢女，身分上矮了一大截，連頭都抬不起來。」

「唉……」他又想嘆氣了。

對於雙月這些似是而非的道理，薄子淮實在愈聽愈混亂。

未來的女人都是這麼難纏嗎？

可是要他放棄又不可能。

不過聽完雙月發表的這些想法，若是要她搬到外頭的別室去住，一樣是沒名沒分，恐怕也不會答應，只是為了安全起見，還是要想辦法說服她先離開這座府邸，暫居他處再說。

「很頭疼是不是？要不要我幫你揉一揉？」她促狹地笑問。

他沒有回答，只是擁緊雙月。

薄子淮想到他堂堂一個兩江總督，是江西與江南兩省的最高官員，卻說不過一個女人，說來真是好笑，可是現在的當務之急是如何保護雙月。

依自己對額娘的瞭解，絕對會認定是雙月的錯，是她想要離間他們母子之間的感情，會用何種手段來對付她，也不難想像。

無法給雙月該有的名分，已經覺得內疚，若連她的安危都無法顧及，那麼又如何讓她得到幸福？

而雙月則是用手心輕拍他的背部，像是在安撫焦躁不安的孩子。「好了，不要想了，總會有辦法的……」

聞言，薄子淮卻更顯得憂心忡忡，不是認為她樂觀，而且覺得雙月對額娘的手段還不夠瞭解。

「我不在府裡，若是額娘又命人來叫妳過去，千萬要小心。」如果可以，應該時時刻刻將她帶在身邊，可是身為朝廷官員，有他該遵守的規矩，豈能因為私事而為所欲為？

「我知道。」想到上回逃過家法伺候，這回恐怕躲不了，雙月說什麼也不想在眾目睽睽之下被打屁股。

他該如何作出正確的選擇？

難道就像雙月所說的，這世上不可能有兩全其美的辦法，末了還是只能選擇一條路來走。

真的沒有其他法子？

薄子淮蹙眉苦思。

小惜又被買回薄家的事，幾乎是立刻傳到薄母耳中。

「有這種事？」她打翻了茶碗，碧綠的茶湯灑了出來。

身邊的兩名貼身婢女動作俐落地擦拭著桌面，並將茶碗移開，重新呈上新沏好的香茗，訓練有素地將現場恢復原狀。

吳雪琴嗓音柔細地說：「我怎麼敢騙舅母呢？還讓金蘭再去問一次，真的見到那個叫小惜的婢女，才確定是真的。」

「難道是子淮……」薄母對於兒子再一次跟她作對，表情更難看了。

「不是子淮表哥的錯，是那個叫雙月的婢女仗著受寵，要求他這麼做的。」吳雪琴昧著良心，將罪名安在雙月身上。「她現在有子淮表哥在後頭撐腰，連我都瞧不起了。」

薄母臉色透著一股狠意，想到獨子竟為了一個婢女和她作對，又怎麼能容許這種事一再發生。

「不過是個賤丫頭，當真以為自己是個寶了。」兒子是她十月懷胎生的，沒有任何女人可以搶得走。

懂得察言觀色的金蘭猛對主子使著眼色，要吳雪琴再加把勁。

「舅母別為了個婢女氣壞了身子，子淮表哥只是一時鬼迷了心竅，或許等過些時候就會清醒了。」吳雪琴細聲地安慰。

「我生的兒子有多固執，我心裡再清楚不過，他這輩子唯一不聽我的話，就只有娶妻這件事了。」薄母啜了口茶湯，在心裡斟酌著。「如今他居然迷戀上一個婢女，為了個賤丫頭跟我作對，下回說不定就要對付起我來了。」

吳雪琴聽到舅母打算除去雙月，不禁暗喜在心。「若是賣了她，子淮表哥一定又會想辦法把她買回來，該如何是好？」

「那就……讓她從此消失不就得了？」薄母笑得矜貴，吐出來的話卻是冷得讓人打從心底發抖。

第七章　危機

夜盡天明。

才過了一個晚上，一切看似平靜如常，卻是暗潮洶湧。

進入處暑的第一天，陽光依然炙熱，不過府裡的園林景色隨著節氣轉換，在不知不覺中展現另一種風情。

「……兩位姊姊怎麼來了？」小全子見到老夫人身邊的碧玉和紫鴛，眼皮跳了兩下，嘴巴上則很親熱地問。

碧玉和紫鴛橫了他一眼。「雙月呢？」

「她……八成是去洗衣服，應該就快回來了。」完了、完了，他覺得大事不太妙，準是老夫人要她們來的，這下該怎麼辦？

「是嗎？」

「咱們就在這兒等一等。」

銜著主子之命而來，碧玉和紫鴛可不敢空手而回，說什麼也要把人帶走。

小全子咧著笑臉，想要拖延時間，好去跟雙月通風報信，讓她有個心理準備。「兩位姊姊要不要到屋裡坐著等？」

「不必了！」她們異口同聲地拒絕。

他乾笑一聲。「是、是。」

這回老夫人打算怎麼對付雙月？該不該知會主子一聲？小全子愈想愈不對，於是朝碧玉和紫鴛陪了個笑臉，找了個理由走開。

「你馬上去通知大人……」他找了另一個信得過的奴才，很快地吩咐幾句。「好了，快去吧。」

那名奴才領了下首離開了。

約莫過了兩刻，雙月終於回來了。

「雙——」小全子才要出聲，暗示她到別的地方說話，但碧玉和紫鴛卻比他搶先一步。

「妳可回來了。」

雙月愣了一下才認出她們是誰。「找我有事嗎？」該來的還是來了，這次會用什麼方式整她呢？

「當然有事。」

「走吧！」

不再給她機會說話，碧玉和紫鴛下巴抬得高高的，自顧自地走在前頭，料定雙月不敢不跟上來。

「雙月，妳可要小心點。」小全子小聲地叮嚀。

她扯了下嘴角。「我知道。」

看著雙月被帶去見老夫人，這可不是福氣，而是大禍臨頭，小全子在原地急得像是熱鍋上的螞蟻，萬一她有個什麼不測，最傷心的人會是主子，可是自己也不過是個奴才，壓根兒救不了雙月。

想了又想，小全子也跟了過去。

就在雙月跟著前頭的碧玉和紫鴛又來到西花園，想到上一次不愉快的回憶，全身的肌肉跟著繃緊，進入了警戒狀態。

待碧玉和紫鴛領著她踏上那座架在水邊的香舫上，走進敞開的落地長窗，裡頭的陣仗比上次有過之而無不及。

雙月見到表小姐也在場，肯定跟她被叫來這兒的原因有關。

「……給老夫人請安。」她先跟坐在主位上的薄母福身見禮，然後才是坐在一旁的母女倆。

「見過姑奶奶、表小姐。」

吳夫人順勢酸了兩句。「阿嫂，妳瞧瞧這賤婢，在咱們面前倒表現得挺懂禮數的，還以為有子准撐腰，膝蓋會連彎都彎不下去。」

「哼！」薄母見到勾引兒子的賤丫頭，可是一肚子的火氣。「看起來是很會做表面工夫。」

對於這些冷嘲熱諷，雙月早就已經免疫了，只是這兩個歐巴桑的聲音還真是刺耳，讓她想用尾指挖一挖耳朵。

不過雙月不想討皮痛，決定不吭一聲，由著她們說去。

「舅母，我看還是算了。」吳雪琴擺出柔弱的姿態開口。

薄母登時換了張面孔，一臉慈藹地說：「那塊玉珮可是妳出生時就戴到現在，還曾經請來神將（漢軍旗人的薩滿）唸咒祈福，好保妳一生平安，將來能有個好歸宿，一定要想辦法拿回來才行。」

「是，謝謝舅母。」她羞怯地說。

聽著她們的對話，雙月始終按兵不動，等著對方出招。

「昨天下午，表小姐帶著婢女在這兒散心，不小心讓身上的玉珮掉進水裡頭，妳下去找找看。」薄母就是要刁難她，而且擺明了就是要雙月死。

雙月眨了幾下眼皮，不得不先確認。「請問……是掉在哪個水裡？」

「還會在哪裡？當然就是外頭那座小湖。」薄母仰高鼻端，自然也不會開口問她識不識水性，若是真有個萬一，只能推說是意外，也怪雙月自己命苦，下輩子就投胎到個好人家，別再當婢女了。

確定自己猜對了，雙月臉上沒有預期中的驚懼或恐慌，讓她們不禁有些失望，還以為會嚇得跪地求饒。

她目光湛湛地看了吳夫人母女一眼，見她們好整以暇地端坐在位子上喝茶，唇畔還掛著詭笑，若今天換成一個不會游泳的婢女，肯定會溺死的，雙月想到這兒，小臉更冷了。

人命對這些人來說到底算什麼？

又是誰給她們權力來處置別人的生死？

她也不會笨到開口問，為何不找那些會游泳的奴才，而是要個婢女下去找，那種話太多餘了，因為這些人就是要自己的命。

雙月語氣淡淡地問道：「請問表小姐，那塊玉珮長什麼樣子？又是什麼顏色？大概有多大？可以告訴奴婢嗎？」

吳雪琴沒料到雙月會問這些事，吶吶地回道：「呃……嗯……是塊綠色翠玉，大約兩寸左右，上頭……還雕著如意……」

「是，奴婢記住了。」雙月又緊盯著她。「另外請再告訴奴婢，當時表小姐站在哪個位置上，這樣才能大概知道玉珮掉下去的範圍，比較好找。」

「這……大概是……」吳雪琴莫名地有股壓迫感。

「表小姐可以當場重演一下昨天在這裡散心的經過嗎？」就算是捏造的，她也沒有證據，只好陪著演下去。

「妳問這麼多做什麼？」吳夫人在旁邊斥道。

「回姑奶奶，就因為那塊玉珮對表小姐很重要，奴婢知道得愈清楚，就愈能快點找回來，難道不是嗎？」雙月涼涼地反問。

吳夫人被堵得啞口無言。

「還請表小姐跟奴婢大致說一下。」她狀似卑微地說道。

「嗯……」吳雪琴看了看自己的額娘，又看了看舅母，都沒想到雙月會來這一招，只得硬著頭皮起身，走到外頭。

雙月自然也跟著出去。

就連薄母和吳夫人這對妯娌也想看看她是在玩什麼花樣，於是，所有的人都跨出了落地長窗，來到外頭類似甲板的地方。

「就是……應該是在這兒掉的……」吳雪琴只能隨便挑一個地方，還是接近船頭的地方。

「表小姐確定真的是掉在這個位置？」雙月直勾勾地望進吳雪琴微露心虛的眼底，真是騙肖，她就不信一個弱不禁風的大小姐會站在這兒散心，風一吹就會掉下去了。「沒有記錯？」

薄母以為她想藉機拖延，板起面孔說：「要妳下去找，妳還在囉嗦什麼？碧玉、紫鴛，她要是不敢下水，妳們來幫幫她……」

「不必了，老夫人。」雙月很不客氣地打斷她。「奴婢下去找就是了，不過……還是得先做一下暖身操才行。」

這個歐巴桑要她死，自己就更要好好活著。

何況沒有做好下水之前的準備，一定會抽筋，到時也別寄望有人會救她，說不定還會拍手叫好。

就這樣，雙月當著眾人的面，開始做起暖身運動，從頭到腳的關節都要先做適當的伸展和熱身。

「一二三四、二二三四、三二三四……」她旁若無人地做著暖身操，也不管身邊有十幾雙瞪凸的眼睛在看著自己。

直到確定熱身完畢，雙月彎腰脫去鞋襪，接著是外頭的衣服，然後考慮了一下，還是把內衫也脫了，只剩下肚兜，因為衣服浸了水之後，會增加不少重量，更會阻礙四肢的活動。

這時，就聽到身旁響起大小不一的抽氣聲，雙月又低頭看了一眼下身的綢褲，雖然裡頭有穿著之前訂做的四角內褲，還是保留下來好了，要不然真的會把這些古代女人通通嚇暈過去。

雙月張開雪白的臂膀，深吸了口氣。「好了，暖身完畢。」

「妳……妳……」薄母用顫抖的手指比著她，一臉快昏倒的表情。「妳簡直是不知羞恥……」

「老夫人，這兒又沒有男人，哪來的不知羞恥？」她滿是無辜地問道。

吳夫人也在旁邊罵著。「真是成何體統！」

「就算這兒都是女人也不能……」吳雪琴被雙月的大膽行徑給嚇得有些語無倫次。「子淮表哥怎麼會喜歡妳這種……這種……」想要損人，一時之間又找不出更好的形容詞來。

「因為奴婢不想溺死在水裡，只好這麼做了。」說完，雙月便沿著階梯走上船頭的部分，又做了幾個深呼吸。

真是不好意思，她的泳技其實還滿不錯的，看是要蛙式、蝶式還是自由式都沒問題，雖然不確定這座湖多深，但是總比要她跳進茅坑，絕對會因為無法呼吸而溺死好。

接著，雙月便以一個漂亮的跳水姿勢，往湖面躍下，只聽見撲通一聲，她人已經鑽進水底。

無論是什麼樣的困難，她都要撐過去。

她不想就這麼死了。

一定要活下去。

而這個前所未見的怪異動作不只讓在場的人驚呼聲連連，似乎不敢相信自己的眼睛之外，也讓躲在不遠處的樹幹後方、暗中觀看進展的小全子以為雙月被老夫人逼著投水自盡，頓時嚇呆了，急著去找主子來救命。

過沒多久，雙月浮上了水面，深吸了口氣，又往水底鑽去。

所有的人都往湖面張望，想要確定目前的情況如何。

雙月當然也不會期待真的找到玉珮，何況水並不清澈，很難看得到底下有什麼東西，只是做做樣子罷了。

當她又浮出了水面，先撥開黏在臉頰上的髮絲，吐出了口水，然後才攤開手心。「原來是石頭，還以為找到了……」

「怎麼？還沒找到嗎？」薄母尖聲地質問。

她揚聲回答：「回老夫人，這座小湖可一點都不小，一個人找太慢了，不然……請碧玉和紫鴛兩位姊姊也下來找吧。」

聽雙月這麼一說，碧玉和紫鴛的臉色都白了，人也跟著慌了。

「不然表小姐也下來找……」雙月繼續點名。

「我、我……」吳雪琴嚇得倒退一步。

「要妳找就找！」薄母啐罵。

「是。」雙月心想她還沒吃飯，體力也支撐不了太久，不過更慶幸現在不是冬天，不然沒有溺死，已經先凍死了。

雙月划動著手腳，直到快沒氣了，才浮上來。

「……雙月！」

頭頂上傳來男人嘶啞的吶喊聲，讓她本能地仰起頭，往香舫上看去。

只見薄子淮朝著湖面大吼，作勢要跳下去，卻被幾個婢女給抓住，雙方正在拉扯。

「我不准你下去救她！」薄母沒想到兒子會跑回來，看來是有人通知他了。

「滾開！」薄子淮大聲怒咆。

「子淮表哥……」吳雪琴還是頭一回見到這個向來淡漠冷靜的男人如此失控瘋狂的模樣。「你別衝動……」她嘴邊的話還未說完，就被薄子淮一記冰冷刺骨的眼神給凍住了。

「雙月！」他發出撕心裂肺的叫聲，早就預想到雙月會有危險，他應該早一點把她帶離這座府邸才對，不該等到現在。

雙月先咳出水來，才拉開嗓門大喊：「我在這裡！我沒事！」

「雙月……」薄子淮扶著圍欄往下看去，見到雙月鑽出水面，原本停止跳動的心臟漸漸恢復正常，也讓他下定決心。「我馬上拉妳上來……」

「不用，我、我可以自己游到岸上……」雙月水底下的雙腳緩緩划動，在體力全數用盡之前，總算游到岸邊了。

此時，薄子淮也已經從香舫上衝下來，直奔她上岸的地方，一眼瞥見雙月衣衫不整的模樣，也立刻脫下身上的補服，披在她的肩頭上。

「咱們回去！」感覺到雙月全身不住地發抖，連站都站不穩了，薄子淮索性將她攔腰抱起，然後偏頭跟小全子說道：「你去讓廚房準備薑湯……」

小全子回了一聲，跑得飛快。

雙月還想說些什麼，不過連嘴唇都在打顫，吐不出一個字來，只得乏力地偎在他胸前，閉眼假寐。

至少自己活下來了。

回到居住的院落，薄子淮馬上命令在外頭打掃的奴才去燒熱水，免得雙月受寒生病了，然後抱著雙月來到最近的一間客房，取了條被子將她整個人裹住。

而吩咐廚房準備薑湯之後，小全子很快地端著剛泡的熱茶過來，還順便拿了件長袍讓主子穿上。

雙月打了一個噴嚏，因為全身都濕透了，直到這時才漸漸感覺到很冷。

「我想洗個熱水澡……」最好有浴缸可以泡，要是能在熱水中倒入幾滴舒緩神經的薰衣草精油，她會更滿足。

「大人，要不要找個婢女過來幫忙？」小全子適時提出建議。

薄子淮想了一下，點頭應允。「也好……另外讓人去把雙月的衣服拿過來。」想到待會兒要沐浴更衣，自己總有不方便之處，又不放心她一個人在澡間，還是叫個人比較妥當。

「是。」小全子馬上轉身找人去了。

「來，先喝一口，暖暖身子。」薄子淮倒了杯熱茶給坐在桌案旁的雙月，將杯子放在她手上說。

雙月感覺到手心之間傳來的熱度，也驅散了寒意，這才想到還披在身上的補服，對這些當官的人來說，這件衣服很重要。

「你的官服都濕了……」

「這個不重要。」他怒瞪著說。

她以為薄子淮在氣自己的莽撞行為，只好解釋說：「我很會游泳的，想用這種手段來對付我行不通的……」

「當我聽小全子說妳被逼著投湖自盡，妳知道我有多著急害怕嗎？」見她都從鬼門關繞了一圈回來，口氣還很輕鬆，讓他滿腔的怒火無處發洩。「我擔心來不及救妳，擔心回來之後見到的是妳的屍首……」

「在那種情況下，我不跳下去也不行。」雙月氣虛地回道。

薄子淮緊閉下眼皮，心裡也清楚這不能怪她，更加慶幸她識得水性，否則真的就失去雙月了。

「不！這事應該要怪我。」他若早一點下定決心，就不會發生這種事了。

原本打算將雙月先安置在別室，不過同樣都是住在江寧，一樣逃不出額娘的手掌心，那麼只有一個辦法。

然而薄子淮還是一再否決了這個唯一可行的辦法，因為他不想和雙月分開，即便只有一天也不行。

聞言，正啜著熱茶的雙月抬起頭來，瞅著他自責的表情，輕嘆一聲。「你沒必要承擔這個責任，我也沒有怪你的意思。」

他深深地看著雙月，已經不容許自己再猶豫下去了。

過了一會兒，小全子帶著小惜過來了，想說她們兩個感情最要好，一定會很樂意幫忙的。

「雙月，妳沒事吧？」聽小全子說完始末，小惜也嚇壞了。

雙月搖了搖頭，不想讓別人為自己擔心，所以半開玩笑地說道：「我很好，已經沒事了，現在最需要的是洗個澡，不然身上真的好臭。」

「妳還笑得出來？」小惜嗔罵地說。

就在這當口，熱水已經燒好了。

於是，薄子淮趁著雙月在沐浴更衣的這段時間，好好地想清楚下一步棋該如何下，才能解決眼前的問題。

看來只能這麼辦了！

兩個時辰後——

雙月痛痛快快地泡了個熱水澡，真是舒服得她差點不想起來，接著又喝了兩碗薑湯，再稍做休息，雙月的精神才慢慢地恢復過來。

在薄子淮的安排下，她就暫時待在這間院落裡的客房內休息，心裡想著這一關是過了，那麼下一關又會是什麼？如果把老夫人逼急了，萬一使出非常手段，非置自己於死地不可，又應該如何自保？

小惜將飯菜端了進來。「雙月，先吃點東西。」

「謝謝。」雙月將心思拉了回來，因為天色有些暗了，便點上燭火。「真是麻煩小惜姊了。」

「這也沒什麼，倒是妳，以後該怎麼辦？」小惜一臉憂慮。「只要是不討老夫人喜歡的婢女，通常都是轉賣給別人，那算是運氣好了，可從來沒像今天這種情形，再這樣下去……」

雙月自然聽懂她沒說出來的意思。「不管她想怎麼整我，我都不怕。」

「咱們當婢女的，要怎麼跟主子鬥？」小惜嘆了口氣。「之前知道妳讓大人看上了，還很替妳高興，想不到差點惹來殺身之禍，不如妳去跟老夫人好好地賠罪，跟她認個錯，先平息她的怒氣再說。」

「我又沒有做錯事，為什麼要跟她賠罪、要跟她認錯？」她不會因為怕死，就跟敵人低頭的。

小惜好言相勸。「雙月，別跟自己過不去……」

「我現在只希望不要拖累妳和其他人就好，剩下的事我會自己處理。」雙月口氣很堅決。

「妳的脾氣還真是頑固，真不知該怎麼說才好。」小惜搖頭嘆道。

她一臉笑吟吟地說：「想要爭取應有的權益，原本就要經過一段漫長的路程，只要是自己真正想要的，無論要付出多大的代價，都不能逃避。」

「真不懂妳在想什麼。」老是說出奇怪的話。

雙月但笑不語。

不懂沒關係，雙月也不在乎，只希望能為身邊對她好的人做些事。

「我得去忙了，妳就在這兒好好休息。」說著，小惜便先行離開了。

看著門扉重新關上，雙月唇畔的笑意也淡去了些。

今天的事的確是有驚無險，下回運氣可就不會這麼好了，這些雙月都很清楚，不過轉念又想，若自己真的注定要死在這個清朝，那麼在嚥下最後一口氣之前，還是要遵循自己的意志，去做認為該做的事。

她不想過著苟且偷安的日子。

即使永遠離不開這個朝代，她還是想做她自己。

「親愛的小月月，人類總是自以為渺小，老是說我做不到，可是上帝會回答：你什麼都做得到；而當你又說，這麼做不值得，上帝便會跟你說：做了，你馬上就會覺得值得了……」

這十年來，長腿叔叔寫給她的信件和媚兒，雙月都有好好的保存下來，在沮喪或灰心的時候拿出來閱讀，總會給她帶來許多勇氣。

雙月明白或許改變不了所有奴僕的命運，更別說歷史了，但是只要自己做得到的事，為什麼不去做呢？

過去的她，因為待在家裡工作，除了每個月捐款，以及抽空到「回家基金會」裡當志工，用過來人的經驗陪伴那些受虐的孩子，她跟外面的世界都是靠電腦來連繫，和社會還是有些脫節，很少真正去想自己還能做些什麼，但是現在遇到了就不能裝作沒看見。

這麼一想，她的心情豁然開朗，胃口也大開。

雙月吃飽之後，靠坐在床頭打瞌睡，然後便聽到了敲門聲。

「請進。」

待房門被人推開，就見薄子淮走了進來。

在這兩個時辰當中，他又回總督部院處理完公事，然後才回來，在更衣之後，來這裡見雙月之前，也決定進行自己的計劃。

薄子淮見她垂著長髮，讓臉蛋更顯得嬌小稚弱，可是在這樣的外表下頭，有著不輸男人的強悍心靈。

「吃過了嗎？」他輕問。

「嗯。」雙月穿上鞋，走向眼前的男人，見他眉頭深鎖，不用問也知道是在煩惱自己的事情。

「不要一直皺眉頭，這樣很容易老，偏偏我又是娃娃臉，就算到了三十歲，也不會差太多，這樣站在一塊兒，說不定別人會以為我們是父女。」她打趣地說。

他被逗笑了。「什麼父女？妳說得太誇張了。」

「我不是沒事了嗎？」雙月主動抱住他的腰，將身子偎了上去。

「只是暫時沒事。」明知她在安慰自己，薄子淮還是冷冷地點破。

雙月澀澀一笑。「我會隨機應變的。」

「不行。」太冒險了。

「什麼意思？」她狐疑地仰起頭看著他。

「雙月……」要他這麼說，就像在心上劃下一刀。

「嗯？」

薄子淮不許自己有任何遲疑，如果連所愛的女人都保不住，根本不必談兩人的未來。「我要妳離開這裡，離開江寧。」

「……為什麼？」雙月腦子有好幾秒的空白，才開口問。

「看來額娘是真的容不下妳了，還有姑母和表妹在身邊煽風點火，妳在府裡多待一天，就多一分危險。」薄子淮兩手捧著她的臉，見雙月從原先的驚愕，慢慢轉為一臉了然，已經明白他這麼做的原因。

「所以我打算讓妳上京去投靠婉鈺，對外就說是二小姐臨終之前囑咐，由妳親自將留給大小姐的遺物送去。」他早想好了藉口。

雙月輕顰著眉心。「可是大小姐那邊方便嗎？」她嫁的不是尋常百姓，還是皇親國戚，規矩應該會更多。

「其實當她得知少筠的死訊，曾經捎信回來，說想見妳一面，不過我一直沒有答應讓妳過去，現在正好有這個機會，婉鈺自然有辦法解決這點小事。」薄子淮相信依大妹的聰慧不會有太大的問題。

她垂下眸子，考慮著該不該去。

雖然雙月也想過不止一次，萬一這裡真的待不住，為了活命，一定要想辦法逃出去，現在有地方去了，反倒猶豫不決。

全是因為眼前這個男人。

難道真的要跟他分開？

在這一剎那，雙月突然不確定這麼做到底是不是最好的選擇？

「……給我三個月到半年的時間，先把事情處理好。」薄子淮把額頭抵著她，然後一一道出自己的打算。「包括之前被額娘硬逼著納進門的兩個小妾，以及表妹，都得替她們安排好應有的歸宿，還有最要緊的，便是跟額娘之間的問題。」

薄子淮吐出一口長氣。「等這些事都解決了，可以確保妳的安全，再讓婉鈺派人送妳回來。」

原來是這樣。

雙月都明白了，這個男人是為了她才會這般苦心安排，眼角頓時泛起濕意。

她不光只是感動，而是心中原本的尖銳和稜角，因為薄子淮的用心而一一抹平了，雙月又怎麼能再苛求這個男人，在層層的規矩和責任之下，他已經盡所有的力量來護衛自己了。

「對不起。」是她為薄子淮做得太少了。

如果這樣還感受不到薄子淮對她的愛，未免太過麻木不仁。

「這些是我心甘情願做的，妳犯不著道歉。」薄子淮親吻著她的髮頂。「最多不會超過半年，相信我。」

「我……」她該去嗎？在薄子淮二十八歲之前，不是應該都要守在身邊，幫他度過死亡的關卡嗎？

或許兩人真的心意相通，可以察覺雙月內心的想法，薄子淮將臉龐倚在她的頸窩，沈重的呼吸透過布料，讓皮膚都感覺到灼熱。

「如果不是遇到妳，這輩子都會過得不快樂，或許就是因為這個緣故，才會活不到二十八就抑鬱而終，身後更未留下子嗣，但是因為妳的出現，讓我想要掌握自己的命運，不再任由擺佈，所以才會決定放手一搏。」他嗓音沙啞地說。

「即使在宗法和制度上，無法給妳正室的名分和誥封，這輩子也只會有妳一個女人，將來妳所生下的長子，更是我唯一的子嗣，是要來傳承薄家香火的，不會有嫡庶之分。」這個承諾不會改變。

這個男人已經做到這個地步，她還能開口要求更多嗎？

不當小三，甚至小四，前提是有別的女人存在，如果他真能依照方才所說的去做，那麼是不是正室，還有會不會誥封，已經不是重點了。

面對薄子淮的付出，她也該有適度的讓步，以及妥協，否則兩人根本走不下去。

雙月閉上眼皮，接著收攏雙臂，讓彼此貼得更近。

「好，我相信你。」

短短一句話讓薄子淮安了心。

短暫的分離只是為了更長遠的將來，所以必須忍耐。

「那麼就大後天出發，到時由楊千總送妳過去，我信得過他的為人。」說著，他俊臉一整，想到這次讓督標營千總楊國柱帶進京的奏帖（秘密奏摺），可要非常謹慎才行。

薄子淮不禁想起，因為之前故意在江寧織造曹大人面前提及自己反對江寧將軍為了設置水師營，而提出向百姓加稅的要求，對方也確實寫在奏帖上了，因此自己才會博得皇上的青睞和欣賞，有機會私下交流此種信件，這在朝中，是只有極少數的大臣才擁有的恩典。

所以那天他才會匆促地離開江陰縣，正是為了這件事趕回來，不過皇上也在奏帖上特別叮囑要小心！小心！再小心！薄子淮想來想去，也只有楊千總值得信賴，才會託付他去辦。

「這麼快？」聽到大後天就要離開，雙月一怔。

「多待一天，就愈是危險。」他正色地說。

雙月想了一想，點頭同意了。

「真希望這個朝代已經有電話，雖然不能每天見面，至少可以聽到聲音……」她已經開始嚐到思念的滋味了。

他曾經聽雙月提過，大概知曉那是什麼。「才不過幾個月，很快就過去了，只是一路上舟車勞頓，會比這次到常州還要來得辛苦。」薄子淮箍緊她的腰，緊緊地抱著她。

雖然這個男人臉上沒有太多表情，可是雙月聽得出他語氣裡的不捨。

「我又不是吃不了苦……」她抬起小手，撫著薄子淮的面龐。「沒有飛機和火車可以坐算不了什麼，對我來說，更困難的都熬過來了，不會有事的。」沒有抽水馬桶和小棉條兒才是最不方便的。

薄子淮深深地望著她，彷彿要將雙月的神情笑靨烙印在腦中。

這一瞬間，雙月不再有任何抗拒，如同心一樣，身子也願意完全為他敞開，於是自然而然地捧著他的俊臉，然後踮起腳尖，在薄子淮的額頭上親了一下。

他有些愣然地看著她。

雙月半掩著眸子，主動踏出最重要的一步，將柔軟的唇瓣覆上近在咫尺的男性雙唇，她知道這個男人不是別人，而是自己很喜歡很喜歡，喜歡到願意將身心交付的男人。

而這個吻也代表著她的心意。

就算在自己的作品中也有過接吻的畫面，更別說從漫畫裡頭看過不少，但是都不及這一剎那來得心動。

「雙月……」他的嗓音透出情慾。

「我願意。」嫣紅的嘴角因為笑而往上揚起。

「嗯？」薄子淮不明白她的意思。

「好吧。」雙月往上翻了個白眼。「按照這裡的說法，我願意『從』了你，這麼說應該很清楚了吧？」

他面頰也跟著微紅。「妳真的……願意？」

「我的身體由我來作主，我說願意就是願意。」她一臉言笑晏晏，更高興這個男人願意等待自己走出陰影的這一天。

「雙月……雙月……」薄子淮動情地喚著她，嘴唇也跟著在雙月臉上游走著，熱度慢慢地從被親吻的部位蔓延開來。

輪到對方主動時，雙月輕顫一下，下意識地想要退縮，不過當她眼中看到的是薄子淮擔憂的目光，緊繃的肌肉又緩和了下來。

「別怕……我永遠不會傷害妳……」他啞聲地喃道。

雙月突然有種想哭的衝動。

這個男人外表的冷漠只是用來保護自己，其實比誰都還要來得溫柔，絕對不會傷害她的。

那麼還怕什麼呢？

她不由得踮著腳尖回應他，雖然技巧很生澀，可是因為有情和有心，這些都不是問題，反而助長慾望的燃燒速度。

「薄子淮……我喜歡你……很喜歡很喜歡……」她不只用行動，也願意用言語傳達內心的感情。

也許未來的女人都不懂得含蓄，不過薄子淮就是喜歡雙月的直接，總比那些表面是一套，心裡又是另一套的女人來得真實。

憑藉著原始的男性本能，他的唇、他的雙手不斷地索求和愛撫著懷中的女性嬌軀，恨不得彼此融合在一塊兒。

「雙月……我絕不負妳……」薄子淮粗嗄地低吟。

這種只有在古裝戲裡才會聽到的臺詞，讓雙月險些噴笑出來，不過也很清楚依這個男人的一板一眼，只要說得出就做得到。

「我也一樣……」這樣才公平。

她勾著薄子淮的頸項，身子貼著他，即便隔著布料，隱約還是可以感受到彼此身體的變化，那是慾望的膨脹，以及因為渴望而疼痛。

待薄子淮發覺懷中的嬌軀又瑟縮一下，馬上停了下來。「是我……別怕……」

「我知道……」雙月因他的體貼而微笑。

「我可以等……」他不希望有一絲絲勉強。

雙月搖了搖頭，不想半途而廢。「這就是我想要的……我不會後悔……」

不知何時，兩人已經相疊的倒在榻上。

誰主動不是重點，因為這是彼此都想要的。

「雙月……」薄子淮還保留著些許理智，擔心她無法適應這樣的親密，所以動作很輕柔，不敢太過急躁。

雙月撫著他盛滿慾望而泛紅的俊臉。「因為是你，所以我願意給你……也只有你才可以……」無論將來發生什麼事，她的身心都不會再接受另一個男人。

有這句話就夠了。

他深深地吻住眼前的嫣紅小口，舌頭緩緩地滑入，與雙月絞纏著，一遍又一遍，直到兩人都氣喘吁吁，只得改成淺吻細啄，捨不得結束。

兩人的雙手也沒有閒著，開始脫著彼此的衣物。

對於雙月的「主動」，薄子淮不禁笑了出來，可是又馬上憋住。

「你笑什麼？」她狐疑地問。

「沒什麼。」薄子淮笑咳一聲。未來的女人果然不一樣，她們敢言敢做，不在乎別人的想法，而這個朝代的女人則被傳統的規矩束縛，就連床笫之間的事也得採取被動，真的完全不同。

「我有種被敷衍的感覺。」雙月瞇起眼說。

「沒這回事……」他努力將笑聲嚥下去。

雙月伸出兩指掐了掐他的臉皮。「不常笑的人，突然笑得這麼詭異，很難讓人不懷疑。」

「真的沒這回事……」薄子淮再度覆住她的小嘴，將熱情重新點燃，也讓雙月忘了要說什麼。

當兩具身子再也沒有任何阻隔，無論對誰而言，都代表著他們的心在這一刻朝對方敞開，沒有保留。

灼熱的男性唇舌來回親吻著雙月的鎖骨、肩頭，一寸一寸地往下移動，當它捕捉住其中一朵櫻紅，貪婪地、愛戀地給予最深的疼愛。

她微張著唇，發出短促的呼吸聲，十指不由得穿過身上男人的髮間，也弄亂了腦後紮緊的長辮子，半催促、半推拒地輕扯著……

曾經存在雙月腦海中那些不好的記憶和痛苦，即便無法真正去遺忘，也已經變得微不足道，不會再困擾她、影響她。

而由這個男人溫柔的眼神和撫觸取代一切……

以後當雙月回想起兩人的親密舉動，只會感到幸福。

粗細不同的喘息聲在房內曖昧的蕩漾。

隨著肢體之間的磨蹭，夾在蒸騰的汗水之間，似乎愈來愈無法滿足現狀，想要得到更多。

直到他們渴望更貼近對方，已經無法再等下去了。

亢奮而堅硬的慾望象徵抵著她的柔軟，雙月就算再沒經驗，這方面的知識不可能沒有，也知道第一次通常會很痛，不過再痛苦的事都遇過，又怎麼會在乎這種甜蜜的痛楚。

雙月咬著下唇，望著同樣看著自己的男人，眼神堅定，沒有畏怯。

這是她要的。

而且非常確定。

他就是被雙月這種不肯輕易屈服和妥協的眼神給打動了，只要有她在身邊，就能支持自己的想法和理念。

不想給雙月一絲不適和疼痛，強忍著慾望，取悅她、愛撫她，直到確定身下的嬌軀可以承受了，才小心翼翼地進入她。

儘管有心理準備，雙月還是因為結合的痛楚而逸出呻吟。

「沒關係……」她反過來安撫試圖停滯不前的男人。

「痛就叫出來……」薄子淮心疼她總是不喜歡示弱。

「一點都不痛……」眼角滑下一滴淚，她還是笑著說。

他親吻著雙月的面頰，想要舒緩那份痛楚。

「我只是……想要給你……有悲傷……也有快樂……那個完完整整的我……」雙月雙眼在昏暗中發出璀璨光芒，那不只是決心，也是最真的心意。

這句話讓薄子淮心口猛地一緊，再也沒有顧忌和遲疑，深而沈地進入她，真真正正地合而為一。

這不只是身體的結合。

而是從此介入對方的生命，以及歷史。

彼此緊擁著對方，隨著慾望而攀升，一起吐出吟喘與吶喊……

但求此生此世都能在一起。

除了對方，沒有其他人可以取代。

雙月指甲用力嵌進身上男人的背部，劃出一道道痕跡，也看見自己在往下墜，墜進這個男人深沈真摯的感情中，心中回到未來世界的那一端天平變輕了，漸漸往上挪，不再是同等重量了。

如果真能如他們所願，她也願意留在這個朝代當中。

她閉上眼皮，這個想法在心頭落實了。

直到疼痛不再，只有兩心相許的滿足感。

結合的部位好燙好熱，就像烙鐵一般，將兩人融解，最後合為一體。

當一切從令人昏眩和抽搐的高潮中漸漸地平復，兩人還是無法從方才的歡愉中回過神來，只是擁著彼此，依偎在對方身上。

誰也沒有開口。

此刻也不需要言語。

薄子淮輕撫著她的髮，心裡明白依雙月的性子，願意將身子交託給他，代表了信任，也代表了有著想與他廝守的念頭。

那麼他可以不必再恐懼，因為跟雙月還眷戀著未來而想回去的那份心情相比，薄子淮應該考慮的是不讓任何人威脅到她的性命。

包括自己的額娘在內。

他在睡著之前，不禁這麼思忖。

第八章　離別

等雙月再度掀開眼皮，已經是第二天了。

只有她一個人待在房裡，才想坐起身，兩腿之間還是有些痠疼，不過不起來也不行，因為昨天晚上沒吃多少東西，又做了那麼費力的「床上運動」，現在真的餓到可以吃掉兩桶炸雞。

於是，雙月動作遲緩地下床，然後穿好衣褲，又去解決了生理需求，最後很熟練地整理好頭髮。

喀啦！她正要出去，門扉剛好被人推開。

見到進來的是已經換上補服的薄子淮，經過昨天的親密之後，再見到他，雙月突然有些羞窘和尷尬。

「怎麼不再多睡一會兒？」他柔聲地問。

雙月臉頰一紅。「我還以為你出門了。」

「正要出門，不過還是先把它交給妳。」薄子淮拉起她的左手，將東西放在雙月的手心。

「這不是……」她低頭看著手心上的琥珀，沒想到會選在這個時候還給自己，表情自然既驚訝又不解。

薄子淮收攏她的左手，要雙月緊緊握住。「因為妳明天就要啟程了，雖然有楊千總在，不過誰也無法預料路程中會發生什麼意外，這塊琥珀既是祖奶奶給妳的，希望她能保佑妳一路平安。」

「你不怕琥珀在我身上，我會回到原本的世界去了？」雙月再次握著它，有著截然不同的感受，不再只有憤慨和不滿。

他將雙月的兩手握在掌中。「我相信妳會選擇留下來，也願意留在我身邊，只要有這份心意，上天一定不會狠心拆散咱們的。」

雙月胸口窒了窒。「我可不會再還給你。」

「那是當然，妳就好好帶在身邊，別弄丟了。」薄子淮既然決定還給她，就不會後悔。

聞言，她便將琥珀往脖子上戴。

「額娘那兒已經跟她說了妳明天一早就會離開江寧，要親自將少筠的遺物送去給婉鈺，還會在京裡待上一陣子，我想暫時不會有任何行動。」他已經先設想好可能發生的狀況。「不管是誰叫妳過去，都不必理會，就說是我說的。」

其實薄子淮不是沒想過，未必一定要將雙月送到京城，可是就算不在江南，而是江西，也不敢小看額娘的能耐，思前想後，才會決定讓她去投靠如今身為貝勒夫人的大妹婉鈺。

雙月頷了下首。「對了，還有敏兒小姐的事，我不在府裡的這段日子，要是老夫人知道伍皓已經不是江陰縣知縣，而且還被關進牢裡，不曉得會怎麼做？」

「要離開江陰縣時，楊千總有提到可以讓敏兒住在他府上，因為他們夫妻一直沒有孩子，想嚐嚐當爹娘的滋味，我擔心妳不放心，所以一直沒跟妳說，這回派他出門辦事，敏兒正好可以跟他的妻子作伴。」他想到一個可行的辦法。

她想了想，也只能這麼做了。

「時候不早，我該走了。」薄子淮想留在府裡，和她多相處片刻，因為明天就要分開了。不過他們還有今晚，還有一個晚上可以相聚。

薄子淮強迫自己邁開步伐，大步地離去。

站在原地目送他出門的雙月，也同樣離情依依。

雖然是暫時的，不過卻是在她確定心意，和這個男人有了更進一步的關係之後，被迫分開，不禁有些無奈。

「唉！」雙月垂下眸子，嘆了口氣，想到在未來，她的生活一向很單純，沒想到穿越之後，不但得要面對生死，還牽扯上感情，喜歡上一個古人，這可是以前從來不曾想過的際遇。

就在這時，一道隱隱約約的老婦身影出現在她跟前，拄著龍頭枴杖的薄太夫人滿是皺紋的臉上，掛著欣慰的笑意。

這丫頭和薄家果然有緣。

之前不是不肯現身，而是擔心會忍不住要去干預，可是方才聽見兩人的對話，眼看事情已經進展到這一步，薄太夫人真的有幾句話想跟雙月說。

「……ㄚ頭。」

這個熟悉的老婦嗓音讓雙月身子一震，倏地抬起頭，兩眼瞪著若隱若現的薄太夫人，以為她不會再出現了，這下不好好地發頓脾氣，就太對不起自己了。

「鬼阿婆，我之前叫過妳多少次，為什麼都不回答，也不出現？妳現在就把話給我說清楚……」

薄太夫人被雙月的火氣給嚇得往後「飄」了幾步。「ㄚ頭，妳先冷靜一下……」

「要我怎麼冷靜？」這幾個月來所受的委屈和憤怒全都一湧而出。「鬼阿婆，我問妳，當初妳拜託我來救妳的曾孫子，那麼救完之後呢？還會把我帶回去嗎？還是從此就回不去了？」

「這……」薄太夫人吞吞吐吐起來。

見鬼阿婆面露心虛之色，雙月大概也猜得到答案，根本就是回不去了。

「為什麼沒有事先告訴我，讓我以為可以回得去？這就是妳拜託別人幫忙的態度嗎？妳怎麼可以騙我？」

薄太夫人嗚咽一聲，用袖口捂住了臉孔。「老身死了之後，原本可以名列仙班，卻在機緣下得知薄家將會在曾孫子這一代絕後，所以才會求菩薩憐憫，讓老身暫時留在人世，就是想要跟子孫們示警，可惜都沒人看得見老身，等了三百多年才等到妳這個丫頭，又怕妳不答應幫忙……」

「等一下！」她舉起右手，大喊暫停。「妳當初不是跟我說是等了四百年才等到我的嗎？怎麼現在變成三百多年了？」

「呃……」糟糕！忘了當初是怎麼騙這丫頭的。

雙月掄起兩隻粉拳，咬牙切齒地嬌喝。「妳是故意欺負我歷史不行，數學也考不及格嗎？還是以為把時間說久一點比較能夠博取同情？」

「其實也、也差不了幾年……」

「十年和二十年、五十年可是差很多！」雙月步步進逼，臉上更是殺氣騰騰的。「鬼阿婆，妳先是讓我以為穿越到這個清朝，完成任務之後還可以回家，又希望得到我的同情，騙我說等了四百年……該不會還騙了我其他的事吧？到底是什麼，馬上給我說清楚講明白……」

薄太夫人當然不敢說了，霍地舉起手上的龍頭枴杖，指著右前方。「啊！那是什麼？」

沒想到她還真的又上當了，才轉過頭去，然後轉了回來，已經不見鬼阿婆的影子，不禁氣得直跳腳。

「鬼阿婆！鬼阿婆！」

雙月握著掛在胸前的琥珀，連續叫了好幾聲，這次薄太夫人卻說什麼都不敢再現身了。「可惡！到底去哪裡學的，居然給我來這一招……」

該說自己蠢，還是說鬼阿婆老奸巨猾？

她真的被騙得團團轉，被賣了還幫忙數鈔票，可是也只能怪自己不好好唸書，才會相信鬼阿婆的話，當初要是能問得再清楚一點才答應幫忙，就不會有這些問題發生了。

何況就算鬼阿婆現在要送自己回去，她也不能走，甚至……不想走了，因為雙月決定做最後的努力，希望能和薄子淮並肩作戰，一起爭取兩人的幸福，建立屬於他們的家。

家，不是靠一個人就能撐起的。

所以只要還有機會，雙月就不想放棄。

不過在離開之前，還是有些事要做。

於是，雙月先去見了敏兒，想到自己親口承諾過會天天去看她，還有陪她放紙鳶，如今演變成這樣，自然要當面說明。

「……我去京裡這段日子，制台大人希望敏兒小姐住在楊千總府上，他們會很歡迎妳的。」雙月滿眼歉意。「明明已經說好要讓妳留在這兒的，現在卻變成這樣，真的很對不起。」

敏兒小小聲地問：「要、要去多久？」

「可能需要三、五個月，不過事情一辦完，就會馬上回來了。」雙月握著眼前孩子的小手。「那個男人要為自己所做的事付出應有的代價，不會再來傷害敏兒小姐了，已經不需要再害怕了。」

她慢慢地抬起小臉，眼神也不再像之前那麼驚懼茫然了。「不是我的錯，我不會再害怕了……」

「對，這不是敏兒小姐的錯。」雙月一再重複著，這句話對每個受虐的孩子相當重要，讓他們不要自責，以為都是自己做錯了事才會挨罵或是被打，更希望眼前的小女孩恢復該有的自信心。「大人犯的錯，必須自己去承擔，跟孩子無關，千萬要記住。」

「嗯。」敏兒用力撲進雙月的懷中。「快、快點回來……」

「好。」雙月眼眶熱熱的。

終於到了分離的這一天。

天色還很暗，馬車已經停在門外，也準備了乾糧和水，隨時可以出發。

雙月拿著細軟，腳步有些沈重的跨出門檻，想到要離開這裡，和薄子淮好幾個月都見不到面，心情也更低落了。

此刻的薄子淮正在囑咐楊國柱一些相關事宜，見到她出來，該說的話，昨天全說了，也相信雙月都明白。

兩人就這麼凝望著對方，一切盡在不言中。

「……該啟程了。」薄子淮沈聲地啟唇。

「那我走了。」她扯出一抹笑，想讓這個男人安心。

「我保證不需要太久。」

「嗯。」雙月頷首。

「路上小心。」薄子淮伸手想要觸碰她，不過才舉起，又垂了下來，生怕會一把抱住雙月，不讓她離開了。

「你也要保重。」她喉頭微哽。

第一次覺得說「再見」是這麼困難。

雙月攥緊了懷中的細軟，又看了他一眼，這才爬到馬車上，由於路途遙遠，因此不像上回去常州是坐驢車的。

「雙月就託你照顧了。」薄子淮鄭重地對楊國柱說。

楊國柱打了個千。「制台大人放心，屬下會平安地將她送到貝勒府。」

「那就有勞了。」他強忍不捨地說。

待馬車緩緩地往前進，雙月探出頭來，回頭望著立於門前的男性身影，同樣癡癡望著自己，不禁朝他揮手道別。

短暫的分離是為了將來的重聚，所以要忍耐，不能哭。

可是當雙月下意識地用手背往臉上抹，這才發現還是流下眼淚了。

視線因為水氣而漸漸模糊，快要看不清了。

原來離開薄子淮會讓自己這麼難過。

原來已經這麼喜歡……不，是這麼愛他了。

雙月不禁淚如雨下。

而噠噠的馬蹄聲伴著車輪的轉動聲，隨著昇起的朝陽，正往京城前進——

雙月簡直快瘋了！

不只是快瘋了，而且還去掉了半條命。

她萬萬沒想到從江寧到北京居然要一個多月，而且還要每天趕路，要是搭飛機的話，一天都可以來回了，想起薄子淮說過這一路上會很辛苦，雙月很想當著他的面大吼，這根本不只是「辛苦」兩個字可以形容。

也許對他們這些古人來說，早就習慣交通上的不便利，可是雙月真的有好幾次瀕臨崩潰邊緣，吃也吃不下，覺也睡不好，整個人又瘦了一大圈，另外還有件讓她憂心的事，那就是該來的MC沒有來。

該不會有了？

雙月摸了下癟癟的小腹，心情很複雜，和薄子淮發生關係時，並沒有想到避孕的事，不過就算想到，這裡也沒有保險套。

再說如果有了孩子，身上流著自己的血，是她最親的親人，對雙月來說，那是上帝賜予的禮物，若又是兒子，更是薄家的子孫，也許能夠解決可能絕後的危機，算是一舉兩得。

她不禁有些期待了。

「就快到貝勒府了，妳再撐著點。」楊國柱也明白對個弱女子來說，這趟路程相當不好過，能像她一樣熬過來，算是意志力很強，連自己都要佩服。

「……好。」雙月把心思拉了一些回來，心裡很感激這位千總大人，一路上很照顧她，不會因為是個婢女就輕視。

在到達貝勒府之前，楊國柱一面為她介紹北京城的環境，原來還分了內城和外城，內城居住著滿、蒙、漢八旗官兵和家屬，漢人百姓則都住在外城，兩者區分得很清楚，雙月只是靜靜地聽著，對這種階級制度相當不以為然，不過也學聰明了，沒有表示任何意見。

就在雙月耐性快要用完之前，終於抵達了。

她抱著自己的細軟，等待著經過一道又一道的關卡，往上通報之後，才能讓訪客進門，果然是皇親國戚住的地方，規矩真多。

等了老半天，雙月和楊國柱終於走進這座貝勒府。

就像是劉姥姥進大觀園，她不禁目瞪口呆地看著比薄府還要壯觀、還要華麗的宅第，到處都可以看到奴僕、侍衛在走動，同樣的，雙月在看他們，他們也好奇地打量雙月和楊國柱。

兩人跟著在前頭帶路的奴才，左彎右拐，走了好久，最後才來到一座廳堂前，屋裡馬上有人出來了。

「好了，你可以下去了。」一個梳著兩把頭的婢女朝該名奴才擺了下手，示意他離開。

那名奴才依言退下了。

看著眼前有點眼熟的婢女，雙月一下子就認出她是誰了。「妳是……容兒。」她就是薄家大小姐的貼身婢女。

容兒先比了個噤聲的手勢。「進來再說。」

「喔。」她一臉莫名。

於是，當雙月和楊國柱步入廳內，只見主位上坐著一名梳著兩把頭、上頭點綴著各種精美髮飾，身上則穿著桃粉色繡牡丹氅衣，打扮貴氣的少婦。

「你們總算來了。」婉鈺優雅地啟唇。

楊國柱將一路上都不離身的專用箱鎖挾在左腋下，裡頭放著要呈給皇帝親閱朱批的密摺，然後上前打千請安。

「呃……大小……」雙月一時不知該如何稱呼。

「要稱呼『夫人』。」容兒在旁邊提點。

她馬上改口，福身見禮。「雙月見過夫人。」

「楊千總，這一路上辛苦你了。」婉鈺儀態端莊地看著面前的男人，嗓音聽來柔緩，卻也表現出貝勒夫人這個身分應有的架子和氣勢。「就讓雙月留在這兒，你去辦你的要事吧。」

「是。」楊國柱退出了廳外。

容兒確定廳外都沒人了，才回頭朝主子點頭。

「雙月……」婉鈺馬上從座椅上起來，一改方才拘謹矜貴的態度，親熱地拉住她的手。「接到大哥的信之後，就一直盼著妳來，只是沒想到妳跟大哥之間會……不過似乎也沒什麼好意外的。」之前就察覺到兄長對雙月有著一股說不出的情愫，果然沒有看錯，的確是對她動了心。

雙月也握著她的柔荑，能再見到這個朋友，還是一件很高興的事。

「妳不反對？」

「為什麼要反對？只要能讓大哥開心的事，我一定贊成，何況妳又不是真的婢女。」當婉鈺看到兄長在信中提到對雙月的濃厚感情，卻礙於彼此的身分，無法給予該有的名分，真的很訝異極少跟她訴說心事的兄長會主動說出來，看來真的是一籌莫展了，她決定要想辦法撮合他們。

「就算妳知道也沒用，還是改變不了婢女這個身分，而且我也不是旗人。」雙月淡淡地說。

婉鈺拉著雙月坐下，心裡有了初步構想，不過還不便說出來。「這事兒就先擱在一邊，妳就以我娘家的遠房親戚這個身分住在這兒，貝勒爺那兒我跟他提了，他也已經答允，若是有人問起，就說是專程來探望我，千萬別說是婢女。」

「為什麼？」她有些不解。

「總之妳照做就是了，另外還有二妹的事……」說著，婉鈺眼眶跟著紅了。「她臨終前都是妳陪在身邊，真的要謝謝妳，謝謝妳陪她走過最後一段路。」

聞言，雙月又被勾起懷念之情。「她是我的朋友，本來就應該這麼做，沒什麼好謝的。」

「我已經幫妳安排好了住處，好好休息，二妹的事咱們慢慢再聊。」她真的希望兄長娶到自己想要的女人，這個忙是非幫不可。

於是，雙月住進了一座較小的院落，也終於明白婉鈺的一片好意，用遠房親戚這個身分，就能享有一些權利，住好的房間，還有個丫頭伺候，身分上也能得到一些尊重。

終於可以睡個好覺了。

雙月大吃一頓之後，整個人就昏睡過去。

直到翌日，她的MC來了。

雙月心中的期待在一瞬間落空了。

原來自己是這麼希望有個孩子，心情跟著大起大落，讓累積的壓力一下子都釋放出來。

她在床上足足躺了三天，說是生病也不為過。

其間，婉鈺也來探望過她，還問了許多有關二妹過世之前的事，雙月也將全部的經過情形說了出來，兩人一面聊一面哭著。

「少筠就是這麼貼心，自己都病成那樣了，還處處為我這個姊姊著想……我該早點發覺不對，至少能在出嫁之前，堅持見她一面……也不會留下遺憾……」

所以婉鈺為此更加感激雙月，這份恩情也一定要報答。「妳那時能夠待在二妹身邊，她不是一個人走的，真是太好了，雙月，妳是咱們的大恩人……」

「我沒妳說的那麼偉大。」她連要怎麼救薄子淮都不曉得，又談得上什麼恩人了？「倒是大小姐……呃，應該叫夫人……」

婉鈺拭了下眼角，笑睨一眼。「妳忘了現在咱們可是親戚，私底下就喚我婉鈺，在其他人面前才稱夫人。」

「那我就叫妳婉鈺了。」雙月也不跟她客氣了。「妳在這兒過得怎麼樣？那個貝勒爺對妳好不好？」

她沈吟一下。「夫妻之間總是有一些問題，不過貝勒爺對我很好倒是沒錯。」

「那就好。」見婉鈺不願多說，雙月也不想去刺探別人的隱私。「要是需要個聽眾，可以隨時來找我。」也許幫不上忙，但是願意傾聽。

聞言，婉鈺不禁噗哧一笑。「每回聽妳說話，就覺得很有意思。」

雙月也跟著笑了。

「妳好好休息，我再來看妳。」說完她便先離開了。

待婉鈺出去之後，雙月又躺了下來，盯著帳頂發呆。

想到離開江寧這段日子，她天天想著薄子淮，如今見到了薄婉鈺，把該說的事都說完，真的很想回去。

其實雙月更害怕不在薄子淮身邊，萬一出了事，連最後一面都看不到。

「鬼阿婆……」雙月不禁又拿出掛在脖子上的琥珀。「妳到現在還沒告訴我，妳的曾孫子到底為什麼活不過二十八歲？鬼阿婆……」

鬼阿婆大概不敢出來見她了。

她嘆了口氣，閉上眼皮，任由意識漸漸地飄遠，煩惱的事還是等體力恢復才有辦法想。

雙月又多休息兩天，MC完全結束了，精神也好多了，每天大魚大肉，還加上下午茶和宵夜，她也拚命地吃，想把身上的肉肉養回來。

一直睡到接近午時，才讓派來伺候的丫頭為她梳頭更衣，雙月心想終於有當「小姐」的時候，可以嚐一嚐飯來張口、茶來伸手的滋味，不過被人服侍的感覺還真是彆扭。

喀、喀——

有人在外頭敲門了。

丫頭去應了門，原來是婉鈺身邊的容兒。

「雙月小姐，夫人怕妳無聊，要奴婢來帶妳四處走一走。」容兒才說完，就見雙月一臉迷惑，於是忍著笑，又喚了一聲：「雙月小姐？」

「呃……好。」雙月這才恍然大悟，原來「雙月小姐」是在叫自己。

直到兩人步出了房裡，容兒才掩著口，一面笑一面說：「在這兒妳可是夫人娘家的遠房親戚，當然要叫小姐了。」

「突然被稱呼為小姐，還真是不習慣。」雙月笑得有些尷尬。

「沒關係，慢慢就會習慣了。」容兒想到主子自從知道她要來之後，每天都很期待，或許是因為雙月的「來歷」與眾不同，所以有種很特別的氣質，連主子都很喜歡她，自己也一樣。

「婉鈺呢？」

容兒伸手比了個方向。「夫人跟貝勒爺在那邊的花園裡，想過去看看嗎？」

「會不會打擾了？」人家夫妻談情說愛，她可不想當電燈泡。

「不會，咱們遠遠地看就好。」說著，容兒便帶著雙月往花園走去了。

雙月看著眼前這座可以說是古樸典雅的貝勒府，雖然只看到一隅，不過每走一條長廊，或幾步路，就是完全不同的風貌。

「……平常貝勒爺只要有空，就會跟夫人到花園裡頭散心。」容兒隨口跟雙月聊起天來。

她思索一下。「這樣聽起來很恩愛，感情也很好。」

「是沒錯，只不過……」

「不是這樣嗎？」聽容兒的口氣，似乎不完全是這麼回事，雙月不由得偏過螓首，專注地看著她。

容兒四下張望一下，先確定沒有旁人。「妳知道貝勒爺之前有個正室，因為生病過世了，所以才又娶了夫人？」

「好像有聽說過，然後呢？」

「聽說貝勒爺跟死去的正室感情很深厚，也經常像這樣在花園裡散心，還聽說過世的時候，貝勒爺哭得很傷心……」

雙月忍不住插嘴。「是聽誰說的？」

「還不是貝勒爺的側室，每次來跟夫人請安的時候，就會有意無意地提起這些事。」容兒忿忿不平地說。

「既然聽得出對方是故意的，根本不必在意。」這種挑撥的手段太低劣了。

她嘆了口氣。「其實夫人還沒嫁過來之前，就已經聽說貝勒爺和死去的正室感情甚篤，雖然人已經不在了，可是沒有一個女人會不在意自己的丈夫心中還有別人，更何況是要跟個過世的女人爭寵。」

「既然知道過世了，等時間久了，感情自然就慢慢淡了，有什麼好擔心的？」雙月還是不懂這位平常聰明過人的薄家大小姐，怎麼會在這個問題上轉不過來。「真是想太多了。」

容兒噗哧一笑。「被妳一說，好像什麼事也沒有。」

「本來就是，妳沒聽說過人比鬼還要可怕。」雙月撇了撇唇說。「不要中了那個側室的計。」

「貝勒爺和夫人在那兒！」她指著漫步在紅色石橋上的一對男女。

看著眼前這座氣派非凡的花園，薄府的西花園跟它一比，根本就不夠看，雙月覺得自己真的大開眼界。

接著，她又順著容兒指的方向看過去，雖然看不太清楚那位貝勒爺的長相，不過長相不重要，重要的是人品。

目光幽幽地看著遠處相互依偎的男女，雙月不禁想起了薄子淮，真希望他此刻就在自己身邊。

雙月看了實在好羨慕。

她情不自禁地將兩人想像成是自己和薄子淮，緊握著彼此的手，互相扶持，互相依賴，然後一起從黑髮走到白頭，身邊再加上一、兩個孩子就更好了，看著孩子們長大，然後娶妻、嫁人，一家和樂融融。

這就是雙月夢想中的「家」。

不需要榮華富貴，只求平平安安。

心裡愈這麼想，她就愈想薄子淮了。

她想得心都痛到快無法呼吸了，真想快點回到他身邊……

「雙月？雙月？」容兒搖了她幾下，才讓雙月回過神來。「妳怎麼了？瞧妳一臉快哭出來的表情，哪兒不舒服嗎？」

她連忙用絹帕拭了拭眼角。「沒有，只是沙子跑進眼睛裡……」真是沒創意的爛藉口。

容兒不疑有他地說：「沒事就好，我再帶妳到其他地方走一走。」

「嗯。」雙月又看了遠處那對依偎的男女一眼，衷心地祝福著婉鈺這個朋友能夠得到幸福。

第九章　相思

雙月才剛吃過午飯，差不多未時左右，容兒又來了。

「夫人說貝勒爺要見妳，讓我來領妳過去。」

她的話讓雙月小小的緊張一下，不過借住在人家府裡，總要跟主人打聲招呼，這也是應該的。

「好。」雙月整理一下身上的襖裙說。

容兒微微一笑。「夫人也在，所以不要擔心，還有千萬記住妳現在是夫人娘家的遠房親戚。」

「我知道。」

當她們走進一座廳堂，雙月垂下眸光，要像個大家閨秀，眼神不能亂飄，否則會被認為不莊重。

「貝勒爺，這位就是妾身娘家的遠房親戚，閨名叫做雙月。」婉鈺嗓音柔媚地對身邊的夫婿說道。

坐在主位上的滿都祜看了一眼面前的年輕女子，並沒有多作停留，目光都在身旁的婉鈺身上。

雙月上前見了禮。「見過貝勒爺。」

「她不懂得什麼禮數，還請貝勒爺恕罪。」婉鈺在旁邊說著好話。

「咱們是在家裡，不必這麼多規矩……」他豪邁不羈的口吻聽在雙月耳中，委實吁了口氣，至少不是高高在上，那就很難相處了。「既然是妳的遠房親戚，就不需要客氣，坐下來說話吧。」

婉鈺輕蹙的眉心跟著舒展開了。「雙月，快謝過貝勒爺。」

「多謝貝勒爺。」雙月跟著照說。

滿都祜比了個手勢。「坐下吧。」

「是。」這位貝勒爺沒有一點架子，還真是個不錯的人。

「因為雙月家裡已經沒人，所以只好投靠薄家，不過額娘卻把她當作婢女來使喚，妾身見了實在於心不忍，才決定找了個理由讓她到京裡來……」婉鈺溫聲地說。「這一點，妾身真的很感激貝勒爺。」

「這沒什麼。」他自然不便說岳母的不是。

趁著夫妻倆在說話，雙月才逮到機會打量這位貝勒爺的長相。

只見這位貝勒爺年紀大約二十六左右，穿著藍色開衩袍，襯托出高大健壯的體格，不同於薄子淮的冷漠俊美，而是屬於英挺粗獷的陽光型男，咧開嘴角笑時，自然露出兩排白牙，兩個男人的氣質完全不同。

「妳們也很久沒見面了，就在這兒慢慢聊吧。」既然見過了客人，滿都祜便先行離開，讓她們能自在地說話。

婉鈺和雙月跟著起身，送他步出了廳堂。

「呼。」雙月還是不免有些緊張。

見狀，婉鈺不禁揶揄地笑說：「瞧妳大氣都不敢喘一下，還真怕妳會暈過去。」

「他是貝勒爺，可不是一般人。」再無知也知道皇親國戚是她得罪不起的，說著，雙月有些過意不去。「騙他說是妳的遠房親戚，真的沒關係嗎？」

「我這麼說也不算騙他，妳本來就不是婢女。」婉鈺慧黠地笑了笑。「就把這兒當作自己的家，不要太拘束了。」

雙月這才接受她的好意，又想到方才他們夫妻之間的互動，由衷地建議。

「這位貝勒爺似乎真的對妳很好，所以就不要去管別人怎麼說，那些話聽聽就算了。」因為是朋友，所以希望婉鈺的婚姻幸福。

「容兒……都跟妳說了？」婉鈺聽她這麼問，睨了身旁的婢女一眼，容兒吐了吐舌頭，不敢吭氣。

「只說幾句，沒有很多。」她不想害容兒挨罵。

「我沒生氣，只是……」

「不想說的話，就不用勉強。」雙月不以為意地回道。

婉鈺一手扶著把手，盈盈地站起身來，似乎真的想要聽聽她的意見。

「咱們換個地方聊吧。」

於是，婉鈺領著她往另一個方向走。

而雙月也更進一步見識到這座貝勒府有多大，不只好多條曲折的走道，還有高聳的紅磚圍牆，更別說大大小小的院落了，恐怕要帶張地圖才不會迷路。

沿途，不斷有經過身邊的侍衛、奴僕跟婉鈺行禮請安，她很輕地頷首回應，有著貝勒夫人該有的架勢，但又不至過於高傲，兩者之間拿捏得很好，這點雙月一直很佩服她。

她們穿過了小橋流水、亭臺樓閣，鼻端還可以聞到桂花香，最後來到一間雅緻的寢房。

「我想一個人安靜的想些事情，又不希望有人來打擾時，就會待在這兒。」婉鈺領著雙月進屋，又命容兒去準備茶點過來。

「每個人都需要有個獨處的空間，女人也是一樣，這樣很好，沒有什麼不對。」雙月很贊同這種做法。

婉鈺輕笑一聲。「我就知道妳能理解。」

「這種事在未來很平常。」

「先坐下來再說。」婉鈺笑吟吟地指了身旁的座椅說。

「對了，我想寫封信跟你大哥報一下平安，可是要怎麼送去？」雙月趕緊說出自己的想法，就怕等一下又忘了問。

「把信交給我，我會處理的。」她也有些事想跟兄長說明。

「好。」解決了一件心事，雙月調整了個舒服的坐姿，整個人也放鬆了。

談話才告一段落，容兒也正好和另一名婢女端著茶點進門。

等她們把茶點擱在几上，便一起行了禮退下。

「想吃什麼儘管用，不必跟我客套。」婉鈺只有在這兒，可以暫時忘記身分，當她自己。

「我就不客氣了。」只要有好料可以吃，當然不能放過，這麼一想，雙月便顧不得吃相好不好看，盡情地享用。

見狀，婉鈺也不以為忤，反而跟著有樣學樣，不在乎起形象，兩個女人於是相視一笑。

雙月一連吃了好幾塊甜食，終於滿足的嘆了口氣，嘴巴才有空說話。

「妳要跟我說什麼？」

「呃……」婉鈺將吃了一口的卷酥放回碟子內，用絹帕抹去手指上的油漬，想著該怎麼開口。「雙月。」

「嗯？」她的手和嘴又繼續動了。
「如果丈夫心裡有別的女人，可是那個女人偏偏已經死了，那該怎麼辦？」想了又想，婉鈺還是直接問了。
「有一個辦法。」雙月不假思索地回道。
婉鈺心中一喜。「什麼辦法？」
「拿一根棍子往他的頭上敲下去，或者把他從樓梯上推下去，要不然讓馬車撞一下，運氣好的話，會因為傷到頭部導致失憶，失憶就是忘記以前的事，自然也包括了曾經愛過別的女人，然後只對現任這個妻子一心一意。」不管漫畫還是小說，最常出現的梗就是「失憶」，雙月第一個就馬上想到它了。
聽完，婉鈺噗哧地笑了出來。
「不要懷疑，這一招很好用的。」她一面吃著包子，一面認真地說。
聽完雙月的話，婉鈺笑得眼淚都飆出來，連話都說得斷斷續續。「我知道……妳這麼說的意思……就是在意也沒用……」
「記憶只會淡忘，不會遺忘，我倒覺得那個丈夫要是有了新人就忘了舊人，他的妻子才應該擔心。」雙月吃完甜食，繼續吃鹹的。
「說得也是。」經雙月這麼點醒，婉鈺這才想通。

「不過那個丈夫似乎對妻子很好，聽說還經常一起在花園裡散步，這樣不是就很好了嗎？」雙月沒有直接道破是在說誰，順著她的話回道。

婉鈺慢慢斂起了笑。「是這樣沒錯，只不過……」

等待她說下去的空檔，雙月自己倒茶來配，今天的下午茶真是不錯吃，好像真的好久好久沒有這麼悠閒過了。

「當丈夫用充滿感情的眼神望著她時，總是忍不住想他究竟看到的是誰，是自己，還是死去的那個女人？心裡是不是還在想著對方？」她不想鑽牛角尖的，偏偏又抹不去這種想法。

「她們長得很像嗎？就跟雙胞胎一樣？不然怎麼會把她看成別的女人？」這種劇情也常有，算是老梗之一。

「倒沒這麼聽說。」婉鈺愣了下說。

雙月又喝了口茶水。「不然為什麼要這麼想？」

「……」婉鈺不禁語塞。

雙月有些納悶。「既然那個妻子都看得出是充滿感情的眼神，為什麼不會想是因為丈夫很喜歡她的關係，一定要往不好的方向去想？」

「就算這個妻子年紀還小時跟這個丈夫見過幾次面，兩家也有來往，還是不明白為什麼會想要娶她。」婉鈺澀澀一笑。「多得是門當戶對的女子可以挑選，為什麼非她不可？」

「問不就知道了。」

「這要她如何開口？」婉鈺面有難色。

「夫妻之間都能做那種事了，有什麼話不能說的？」雙月說得太直接，讓聽的人都不禁羞紅了臉。

「這是兩回事……」

雙月終於吃飽喝足，心滿意足地癱在座椅上，眼神斜瞅著她，過了半晌才提出心中的疑惑。

「妳認為自己配不上他嗎？」這回不用第三人稱，劈頭就問。

不過她真的很驚訝婉鈺會有這種想法，一個外在和氣質都這麼優秀的女子，應該感到驕傲，而且相當有自信。

雖然兩人認識的時間不算長，至少比不上跟薄少筠的朝夕相處，可是根據雙月對她的印象，不該是這樣才對。

難道……她心裡也有著不為人知的陰影和心結？

「當、當然不是。」婉鈺措手不及地反駁。

聽她否認，雙月一手托腮地問：「那麼是你們兩家有仇？」娶仇家的女兒是個用到爛掉的梗了。

「當然沒有了。」

「或者妳可以讓他飛黃騰達、功成名就，所以才會費盡心思把妳娶進門？」雙月又想到一個。

婉鈺聽了不禁失笑。「這更不可能了。」

「那麼……是他的父母很喜歡妳，所以逼他非娶妳不可？」這個梗現成的就有一個，相信不用說，婉鈺也猜得到。

「並沒有。」她想到額娘逼兄長娶雪琴表妹的事。

「既然這些理由都不是，那麼還有什麼？」雙月托著下巴，不解地問。「除了他就是想娶妳之外，應該就沒有了吧。」

「可是……」婉鈺依舊無法釋懷。

見她一臉愁眉深鎖，想到平常再聰明的女人，只要碰上感情的事，智商就會降低，雙月也能感同身受，不過這是外人幫不了的。

雙月沒有再追問，還是讓當事人先把問題癥結找出來再說。

瞥見几上的點心還剩下不少，她乾脆一掃而空，不然太浪費了。

又過了一天——

「……這是夫人讓奴婢送來的。」用過早膳，容兒捧著一疊衣物過來。「希望雙月小姐會喜歡。」

雙月看著那些鑲邊、刺繡得很精細美麗的衣服，再不識貨的人都摸得出質料好壞，心想一定很貴。「不用了，有得穿就好了。」

「這是夫人的一點心意。」大概是因為昨天一番談話，讓主子想通了些事，所以才想送些東西給雙月，表達感謝。

「喔。」人家都這麼說了，不收也不行，於是伸手接過去。

容兒笑著催促說：「妳快試穿看看合不合。」

負責伺候的丫頭便接過那疊衣物，立刻幫雙月換上。

當雙月摸了摸頭上的髮髻，還是第一次梳這麼複雜的樣式，上面妝點了一、兩樣簡單花飾，身上穿的是件圓領、右衽、直身、平袖的淡綠色長袍，襟口、袖口都有鑲邊。

「這是花盆底鞋……夫人擔心妳會穿不慣，還特別囑咐鞋跟不要太高。」容兒將鞋擺在地上。「不合腳的話可以再換一雙。」

她先在凳子上坐下，然後拿起一只花盆底鞋來研究，鞋跟的設計是在中央，只有一寸左右，想到昨天見婉鈺腳上就是穿這個，還很好奇的詢問幾句，也許就是因為這樣，才會特地幫她準備這些。

「雙月小姐起來走走看……」見她穿好了，容兒又說。

雙月依她說的，來回走了幾次，然後又奔跑了幾步，讓容兒和那名丫頭都忍不住笑了。

「還好我的平衡感不錯，這個還難不倒我。」怎麼可以被一雙鞋子打敗，那就真的太遜了。

容兒上下打量一番，直點著頭。「雙月小姐穿這樣真好看，也很適合。」

「幫我跟夫人說聲謝謝。」雙月乾笑一聲，要習慣古代女人這種層層疊疊的繁瑣打扮，還需要點時間。

「是。」容兒接著又對身邊的丫頭說。「雙月小姐要是嫌屋裡悶，可以帶她到外頭散散心。」

「是。」丫頭頷了下首。

「雙月小姐，奴婢就回去了。」說完容兒便出去了。

「既然可以出去，那就在附近逛一下好了。」雙月也不想待在屋裡胡思亂想，只好找些事來做。

於是，伺候的丫頭便為雙月帶路，一起走出暫居的院落。

雙月一面走，一面想，就算婉鈺對她再好，這裡終究不是她的家。

沒錯！雖然薄家有自己不喜歡的人在，可是只要有薄子淮在那兒，那便是自己想要回去的「家」。

既然已經從鬼阿婆口中得到證實，未來是再也回不去了，那麼這個朝代便是自己往後的歲月要住的世界。

她是在這裡學會了如何去愛人，還打開了心結，走出童年的陰影，雙月對這個朝代漸漸有了感情，即便有許多難以忍受的規矩和不平等，但是有些事可以靠自己去改變，因此她願意再去多喜歡它一點。

想到薄子淮，思念又再度湧上心頭。

可是比起思念，等待更加令人難以忍受。

雙月不禁垂下眼瞼，真的很想知道薄子淮現在怎麼樣了，還有……他有沒有在想她？有沒有像她想他那麼多？

「啊！差點忘了問……」

昨晚已經把寫好的信交給婉鈺，她到底幾時才會命人送去江寧？還要過多久才能送到薄子淮手上？

其實雙月心裡真正想知道的是要等多久才能再見到他？

「請問要去夫人那兒怎麼走？」雙月問身邊的丫頭。

丫頭自然馬上帶路了。

於是，雙月跟著伺候的丫頭往府邸主人居住的院落走去。

既然是主人所居住的地方，自然也就更加氣派寬廣。

她跟著丫頭走過一道長長的曲廊，從一個又一個的漏窗中得以窺見園林中的美景，不過雙月無心欣賞，只想確定薄子淮大概多久能收到信。

「啊！貝勒爺在那兒……」

丫頭的這句話將雙月飄遠的心思拉了回來，順著丫頭的視線看去，就見一道高大身影矗立在前面不遠的廊上，只好禮貌性的上前打招呼。

雙月慢慢地走了過去，卻見這位貝勒爺似乎心事重重，連有人靠近了都沒有察覺到。

想起昨天和婉鈺之間的對話，不由得多看了他兩眼，想著要不要幫忙，不過又沒有人拜託她，擔心這麼做太多管閒事了。

「見過貝勒爺。」她福了下身說。

滿都祜這才注意到站在眼前的陌生女子，怔愣片刻，終於記起她是誰。「妳是……夫人娘家的……遠房親戚。」

「是的，貝勒爺。」

「住得還習慣嗎？」他口氣和態度都很隨和。

「謝謝貝勒爺，有得吃有得住，一切都非常好。」雙月聽他說話客氣，也就自在許多了。

「哈、哈。」滿都祜咧嘴笑了幾聲。「好，住得習慣就好。」

雙月頷了下首。「那我進去找夫人了。」

「呃……」見她要走，滿都祜有些欲言又止的。
她停下腳步等待。
「妳對夫人……瞭解有多深？」他思索著該怎麼用詞。
聞言，雙月抬頭看著面前的男人，粗獷的臉龐上卻有著柔和的表情，而這個表情自然不是因為她，而是某人。
「這就要看貝勒爺想知道什麼？」她語帶保留地問。
滿都祜沒有料到雙月會這麼回答，愣了一下，似乎不敢再小看她。「想知道什麼都可以嗎？」
「前提是不會傷害到婉鈺。」雙月也把醜話放在前面。
「說得好。」他咧開嘴角，很滿意這個答案。
「謝謝貝勒爺誇獎。」她還是要小心應對，該說的不該說的要分清楚。
「那麼換個地方……」
才聽滿都祜這麼說，雙月已經立刻回應。「不用了，貝勒爺，有話在外面說就好了。」畢竟這個男人是有婦之夫，還是朋友的老公，實在不方便一起坐在屋子裡喝茶聊天。
「這又是為什麼？」他訝然地問。
雙月橫睨一眼，一副「這還用問嗎」的表情。「當然是為了避嫌，才不會引起不必要的誤會。」

「說得也是。」滿都祜也因為這番話，對雙月多了尊重。

她抬起眼直視對方，等待他開口。

「那麼就邊走邊說吧。」說著，他便率先跨出步子。

有這麼難開口嗎？雙月在心裡嘆口氣，只好跟上。

走了十來步，她都忍不住要打起呵欠了，滿都祜才開了金口。

「她是否……不滿意這樁婚事？」他躊躇地問。

「……嗄？」雙月有點錯愕。

滿都祜以為她沒聽清楚，於是又說了一次。「她似乎不滿意這樁婚事。」這次是用肯定句。

「……」她有些傻眼。

這對夫妻是怎樣？

當丈夫的懷疑妻子不想嫁給自己，做妻子的不確定丈夫為何要娶她，兩人都不把心裡的話說出來，只會在表面上恩恩愛愛，心裡頭卻是在互相猜來猜去，還真的很好笑。

她愣了好久，才開口說：「請問貝勒爺，這個結論是從哪裡來的？」

不用問也知道貝勒爺口中的「她」指的是誰，那麼雙月可就真的好奇了。

「儘管她的性子柔順溫婉，一切都很完美，而且完全挑不出毛病，可是……」滿都祜口氣頓了下，有些落寞地說：「總覺得她距離我很遙遠。」

滿都祜也告訴自己，他們才成親沒多久，需要時間讓妻子愛上自己，不能太過急躁，可是他愈想接近妻子，就愈發現她不斷地後退到自己觸摸不到的地方，所以心裡就更著急了。

「聽說貝勒爺很喜歡和夫人在花園裡散步，應該趁那個氣氛之下，兩個人把話說開。」雙月心想當事人都不肯講出來，光問別人，是解決不了問題的。

他兩手背在身後，往前走了幾步又停下。

「我擔心這麼問會傷了她的心。」滿都祜道出自己的憂慮。

雙月張著小口，好半天說不出話來。

她真的被這對夫妻打敗了，不過也不能笑別人，因為自己也好不到哪裡去，還好至少能用說故事的方式把心裡的話表達出來。

「貝勒爺，我不太懂得規矩，要是不小心說話得罪了，還請原諒。」雙月決定先拿到免死金牌，免得一個不小心腦袋不保。

滿都祜不光因為她是妻子的遠房親戚，而是從方才的簡短對話中，知曉眼前的年輕女子做事有分寸、知輕重，也就不去在意那些多餘的繁文縟節了。「無妨，妳就說吧。」

「貝勒爺聽不聽故事？」雙月只好拿出看家本領。

「故事？」他不太明白。

「如果貝勒爺現在有空的話，是否願意聽聽看？」她問。

見雙月目光誠懇，滿都祜有種感覺，或許她真的可以幫助自己。

「那就說來聽聽看。」

就因為這個男人是婉鈺的老公，雙月也才願意用這種方式幫忙，不然還懶得浪費口水。

「是，其實這個故事很簡單……從前有一個叫做恭平的年輕男子，因為某些事情和雙親不和，於是離開家裡，決定自食其力，有一天遇到了位房東，這位房東告訴恭平有間房子可以讓他住，而且不用銀子，只是有個條件，希望恭平能夠改變她的外甥女須奈子，讓她成為一位真正的大家閨秀……」

雙月靈機一動，想到《完美小姐進化論》這部漫畫，只要稍微更動一下劇情，應該能讓對方聽得懂。

「房東說因為她的外甥女須奈子個性內向，而且不敢和人接觸，這麼一來，擔心以後會嫁不出去……」

聽到這兒，滿都祜有了疑問。「這種事再怎麼說，也不該請個年輕男子來幫忙，若是傳揚出去反倒更不好。」

她嘴角抽搐一下。「貝勒爺，這只是故事，就不要計較這麼多，而且重點也不在這裡，請把它聽完。」

「嗯，再說下去吧。」他只能接受這種說法。

「當恭平見到這位叫須奈子的姑娘，發現她總是披頭散髮，故意遮住自己的臉，再用黑色披風把全身都包裹起來，不敢露出一點肌膚，而且還喜歡躲在暗處，不敢看到太陽，對於恭平的接近，更是反應相當激烈，一直叫他走開、不要過來，似乎很害怕的樣子……」雙月和他隔了幾步遠，娓娓道來。

「恭平心想須奈子該不會是天生討厭男人，或是受過什麼創傷……創傷的意思就是曾經遭到很大的打擊，在心中留下無法抹滅的傷口，所以才會變成現在這副模樣，經過一段時間的相處之後，恭平發現須奈子明明長得很漂亮，而且還煮了一手好菜，卻相當缺乏自信，因此恭平決定找出真正的原因。」

「最後有找出原因了嗎？」滿都祜似乎漸漸聽出她想要表達的。

「原來在幾年前，須奈子曾經暗戀過一名男子，於是鼓起勇氣向對方表白了，想不到那名男子卻回了一句『最討厭醜女了』，從此讓須奈子認定自己生得很醜，不敢再照鏡子，也不想讓別人看到她的臉……」雖然雙月並不確定婉鈺的心結或陰影是什麼，但是她和薄子淮是親兄妹，同一對父母生的，也在同一個家庭長大，多多少少應該都會受到相同的影響。

「每個人心裡都有不想讓別人知道的秘密，我想貝勒爺應該也有，可是既然是夫妻，要共度一輩子，更需要有勇氣面對內在的那個自己不是嗎？」她用著過來人的想法說道。「……故事說完了，我先走一步。」

雙月能幫的都幫了，其他的就看他們自己了。

想了一天一夜，滿都祜認為雙月說得沒錯，如果兩人都不肯說出心事，只是維持表面上的恩愛，卻無法瞭解對方的想法，那麼就無法成為真正的夫妻。

於是，用過了午膳，夫妻倆步入深秋時節的園林。

一名婢女捧著披風過來，滿都祜伸手接了過去，然後擺了下手，讓跟在後頭的奴僕們都退下。

「已經起風了，把它披著。」他將披風圍在妻子纖弱的肩上，細心地將帶子打了個結。

婉鈺嬌柔地笑了笑。「多謝貝勒爺。」

「謝什麼？夫人真是太見外了。」滿都祜不希望她只是用最美麗的笑容，和完美的言行舉止來面對自己，想要見到妻子真正的那一面。

她仍舊維持最美的笑靨。「妾身能得到貝勒爺的關心，是應該道謝的。」

瞅著妻子柔美細緻的臉容，滿都祜不由得回憶起過去時光。

「還記得第一次見到夫人時，還只是個六、七歲的小丫頭，不過一點都不怕生，還用著一雙烏黑圓滾的大眼睛看著我，那眼睛彷彿會說話似的，當時便讓我留下很深的印象……」

「都這麼久的事，貝勒爺還記得？」婉鈺有些訝然。

滿都祜咧了咧嘴角。「當然記得，我還記得妳那天穿著粉色的衣服，頭上紮著丫髻，小手扠在腰上，很凶悍的對我說『不准叫我小丫頭』，我笑著說『那麼喚妳大丫頭好不好』，妳便氣呼呼地踩了我一腳。」

「有這回事嗎？妾身一點都不記得了。」她窘迫地說。

他深深地睇著面前的妻子，想著的卻是她小時候的天真模樣。「之後每次見面，我都會故意喊妳『大丫頭、大丫頭』的，妳就會把眼睛瞪得好大，那表情真可愛，看到我哈哈大笑，妳就氣跑了。」

聞言，婉鈺努力地回想，只記得他經常來府裡找兄長，曾經見過幾次面，也說過話，其他的事都忘了。

「……之後你們離開京城，我就再也沒見過妳了，直到咱們成親那一天。」滿都祜有些感嘆地笑了笑。「還記得當年，咱們最後一次見面時，我曾經跟妳說了些什麼嗎？」

婉鈺搖了搖螓首，覺得心口被什麼給撩撥了。

「我摸了摸妳的頭說──『大丫頭，妳為什麼還這麼小，要快點長大』……」說著，他也舉起手掌，輕輕覆在妻子的髮髻上。「……不要讓我等太久。」

她微啟小口，腦中最深沈的記憶似乎被喚醒了。

「大丫頭，等妳長大，我就來娶妳……」

「我才不要嫁給你！」

這一瞬間，婉鈺全都想起來了。

確實有這一段回憶。

「可惜還等不到妳長大，皇上便指了婚，我無法違抗，只得娶了富察氏，後來又為了一些政治上的因素，也有了側室，就更加不能委屈妳了。」滿都祜訴說著他的無奈與心情。

「貝勒爺早就……想娶我了？」婉鈺用手摀住唇，眼眶漸漸浮起淚霧。

「當然，雖然對個年紀那麼小的丫頭動那種念頭，似乎不太妥當，可是喜歡就是喜歡，那是沒辦法控制的。」他尷尬地辯解。

她總算明白了。

這個男人不是為了任何外在因素而決定娶她，真的是因為喜歡，而且已經喜歡了那麼多年，婉鈺的心都軟了，化成了水。

「還以為……以為貝勒爺每回用一種充滿感情的眼神望著妾身，是在想念過世的富察氏。」

雙月說得沒錯，是自己會錯意了，也一直往不好的方向去想，平白無故煩惱了這麼久。

滿都祜愣了一下。「怎麼會這麼認為？」

「真的不是嗎？」婉鈺艱澀地問。「聽說……貝勒爺和她的感情很好……」

他笑容中帶著懷念之情。「我與她夫妻多年，自然會有感情，只是沒想到她這麼年輕就離開人世，這輩子也不可能把她忘了。」

「妾身不敢也不該要求貝勒爺忘了她，只不過……」

「只不過什麼？」滿都祜希望她把話說出來。

婉鈺不禁垂下眼簾。「只不過以為貝勒爺看著妾身時，想的卻是……別人。」

「怎麼會呢？」他不得不喊冤。

聞言，她揚起秀美的眼眸，等著滿都祜說下去。

「每次看著妳，想的都是妳小時候的模樣，想著何時妳在我面前才能不再那麼客套見外，會生氣會瞪人了。」滿都祜失笑地說。

她怔愣地看著夫婿。「……是妾身多心了。」

原來他們之間有著這麼大的誤解。

不！應該說她沒有被愛的自信，婉鈺找到心中的癥結所在。

滿都祜牽起她的柔荑。「原本以為咱們之間注定無緣，不過最後還是結為了夫妻，往後有話就直說，不要藏在心裡。」

「是。」婉鈺偎進夫婿的懷中，淚眼婆娑地回道。

他摟著妻子的嬌軀。「自從咱們成親之後，我發現妳似乎已經忘記小時候的事，而且……」

「而且什麼？」婉鈺不解地抬起螓首。

「妳所有的表現都很好，這麼說並不是不滿意，只是覺得……和妳之間的距離怎麼也拉不近，咱們既是夫妻了，私底下可以不必這麼講究禮數，可以跟我撒嬌，甚至是發脾氣都行……」滿都祜輕嘆一聲。「或許是因為長大了，被禮教和規矩所約束，不可能再像小時候那樣相處，只是真的很希望能回到那個時候。」

聞言，她美眸一黯，露出複雜的表情。

「曾經想過要跟妳談一談，又擔心辭不達意，反而弄巧成拙，傷了妳的心，還是多虧夫人這位遠房親戚點醒了我，才決定說出來。」他說。

她一臉驚喜。「雙月跟貝勒爺說了些什麼？」

「只是說了個故事給我聽，雖然這個故事聽來有些奇怪，不過卻很有道理……」滿都祜莞爾地說。「她是個很特別的女子。」

婉鈺揚高嘴角，看來真得要好好謝謝雙月才行。

「以後心裡有事，儘管跟我說，別擱在心裡。」滿都祜踏出了第一步，也希望她願意將心事告訴自己。

她不禁動搖了。
真的可以說出來嗎？

雙月每天都在數著日子。
一天又過去了，距離回家的日子應該更近了。
「……雙月，快進來坐。」婉鈺盈盈一笑，起身招呼她。
因為沒有外人在，自然不必行禮如儀，雙月也就把它省略下來，很隨興地走上前去。「貝勒爺不在家嗎？」
婉鈺拉著她的手坐下。「他有事出門去了，這兩天睡得好嗎？」
「很好，不用擔心。」除了思念薄子淮之外，都沒問題。
「昨天……貝勒爺主動跟我談了一些事，原來從頭到尾都是我誤會了，現在回想起來，自己真是太傻了。」婉鈺自嘲地說道。
聞言，雙月用力點了下頭。「是真的很傻。」
「妳應該說些好話來安慰我才對。」婉鈺嗔罵地說。
雙月沈吟一下。「妳是那種想要聽好話還有奉承的人嗎？如果是，那就不是我當初認識的那位薄家大小姐了。」

「妳說得對，自從嫁到這裡之後，總覺得愈來愈不像原來的自己，很多事明擺在眼前，卻怎麼也看不透，只會往死胡同裡鑽，無論說話還是做事，也過分小心。」婉鈺不是沒有自覺，心裡也清楚原因，卻只想要逃避。

吃著容兒端來的糕餅點心，雙月沒有表達意見，或是要她怎麼做才對，當事人如果沒有決心去解決，旁觀的人急死也沒用。

「……因為妳跟貝勒爺說了個故事，才得以解開這些誤會，否則心裡這個疙瘩一輩子都無法消除，這份人情我記下了。」她也一定要還。

「只是說個故事，又不算幫到什麼忙，還用到『人情』這兩個字，我的壓力也會很大的。」雙月敬謝不敏地說。

婉鈺莞爾一笑。「從二妹到大哥，現在又輪到我，都因為妳的關係，人生有了截然不同的轉變，就像祖奶奶說的，妳真的是來救咱們薄家的。」

「談不上什麼救，至少我還沒想到要怎麼救妳大哥。」雖然其間真的吃了很多苦頭，不過雙月也有很大的收穫。

這趟穿越之旅，不只是讓她成長，也讓她更為堅強。

「雙月，妳很想嫁給大哥吧？」婉鈺正色地問。

雙月愣了一下，然後自嘲地扯了扯嘴角。「說不想是騙人的，只不過……婢女這個身分是做不了正室的，我也不是旗人，更符合不了什麼旗民不能通婚的規矩，那不是光靠妳大哥一個人就能改變的事。」

「其實也不是完全沒有辦法，只要貝勒爺願意幫這個忙，機會就很大。」她一直在盤算著這件事。

「要他幫什麼忙？」

婉鈺美眸閃過一道慧黠的光芒。「雖然已經有了主意，可是要說服貝勒爺答應，打通幾個關節，還是得費上一番唇舌，不過經過昨天，妳說了個故事給他聽，就對妳有了很好的印象，這樣事情就好辦多了。」

她還是一頭霧水。

「妳和大哥的事就包在我身上。」如果真要有個阿嫂，婉鈺衷心希望是面前這個來自未來的女子。

雙月反倒勸阻她。「要是會害到你們，就不要勉強。」

「不會的，這事就交給我。」婉鈺口中低喃著。「我和貝勒爺之間的一些誤會澄清了，那麼下一步該換我跟他坦白了。」

若再不去面對內心的恐懼和不安，豈不是辜負夫婿等待著自己長大，想與她做一對真正夫妻的心意？

第十章　策略

當晚——

婉鈺有些心不在焉的伺候夫婿寬衣，好準備就寢。

「妳有心事？」儘管妻子向來話就不多，不過滿都祜還是能察覺今晚的她心事重重。

她瞅了下夫婿，然後頷首，不再像之前那樣，總是用溫婉的笑意帶過，假裝彼此之間沒有任何問題。

「願意說給我聽嗎？」滿都祜牽著她，在炕床上坐下，因為不想用強迫的方式，只能等待，難得見到妻子沒有否認，自然不能錯過機會。

「妾身……我真的可以說嗎？」婉鈺深吸了口氣，然後拋去「妾身」這兩個字所帶來的距離。

滿都祜咧開嘴角，喜歡她用「我」這個字眼，也不再那麼遙遠。「夫妻之間若不能說，還能跟誰說？」

「這話是沒錯，但就因為是夫妻，有些話才不能說。」她澀澀地回道。

他眉頭一攏。「這話又怎麼說？」

「……從我懂事以來，就經常聽到阿瑪和額娘的爭吵，不過大多是額娘的斥責、抱怨聲，她總是趾高氣揚地指著阿瑪的鼻子，要他多和其他朝中大臣往來應酬，別老是和那些身分低下的民人來往，當官的就是要想辦法往上爬，更要受皇上寵愛，把自己弄得一身俗氣，會讓人看笑話……」

婉鈺淒然地笑了笑。「雖然當時年紀還小，只能嚇得躲在門邊偷看，可是永遠記得阿瑪的表情，他總是忍氣吞聲，默默地忍受額娘的囂張跋扈，還有那些刺耳言語，然後一聲不吭地走開了。」自己當時真的不懂，額娘為何對阿瑪那麼凶？是阿瑪做錯事了嗎？

「繼續說下去。」滿都祜鼓勵地說。

她在夫婿眼中找到了勇氣，再次啟唇。「可是我見過阿瑪看著二娘時的神情，真的好溫柔，而且還會笑，和額娘在一起卻從來不曾有過……我隱約明白了，阿瑪根本就不喜歡額娘，因為額娘的強勢和霸道，總要阿瑪事事都聽她的，而阿瑪的個性溫厚，不喜歡和她爭辯，所以只好選擇夜不歸營，要不然就是睡在書房，也不想和額娘面對面，因為一定又會為了點小事吵起來……」

滿都祜看著她眼泛淚光，語調痛苦地傾訴著，只是伸臂將嬌軀摟得更緊，讓她把心底的話說完。

「再長大一點，有天下午，額娘又跟他吵得很大聲，阿瑪臉色難看地從屋裡衝了出來，見到躲在外頭偷聽的我，他蹲在我面前，深深地看著我好久，然後語重心長地說道——『婉鈺，要記住阿瑪的話，長大以後別跟妳額娘一樣氣燄高張，又蠻橫不講理，沒有幾個男人能忍受得了』……」

就是這句話徹底影響了自己。

她偏首望著身旁的夫婿，嗓音微顫。「我一直記得阿瑪這句話，很害怕自己有一天會變得跟額娘一樣，真的好怕……」

「妳一點都不霸道，也不是不講道理的女人。」滿都祜希望自己的話能幫她戰勝恐懼。

婉鈺眼圈紅潤，搖了搖螓首。「你只認識小時候的我，對現在的我一無所知……愈是長大，我就愈擔心自己會像額娘，怕將來嫁了人，會得不到丈夫的疼愛，更不用說得到他的心，我拚命告訴自己，我要做個識大體又百依百順的妻子，要做到最完美最好的那一面，絕對不能大吵大鬧，才能讓丈夫願意待在我身邊，而不是寧可睡在外頭，或者是去側室房裡……」

「妳已經做到，也證明了。」他說。

「真是這樣嗎？」她還是無法確定。

「當然了。」滿都祜用兩隻手臂摟緊她，「不過就因為咱們是夫妻，就算有些不完美，或是不對的地方，也可以彼此商量溝通，會出現一些小小的爭執更是理所當然的事。」

「理所當然？」婉鈺不明白夫妻吵架有何意義。

滿都祜畢竟虛長了好幾歲，而且對夫妻關係也有比她深刻的瞭解，讓他更想疼惜這個外表看似聽慧滔婉的小女人，實際上還是那個眼睜睜看著雙親不斷爭吵，只能躲在一旁發抖的小丫頭。

「一旦起了爭執，有人會說些難聽的話，但也有人會把心裡真正的想法說出來，那是平常說不出口的……」他希望這樣能讓她安心。「卻也是最真實的，我想見到的就是那個『妳』。」

「我、我做不到……」她一臉為難。

要對別人大聲說話，甚至喊叫，對婉鈺來說，這輩子都不可能辦到，她也不想成為那種張牙舞爪的女人。

「我不是真的要妳跟我吵架，而是希望妳能把心中的不滿或憤怒，以及不同的意見表達出來，不要擔心會惹我生氣，或是拂袖而去，因為我不是妳阿瑪，每個男人處理事情的方式也都不一樣……」滿都祜又進一步解釋。

「難道妳就不希望聽我說真話？寧可為了粉飾太平，說些好聽的話來騙妳，而不想解決夫妻之間的問題？」他問。

婉鈺似乎有些懂了。「當然不希望了。」

「同樣的，我也希望能知道妳真正的想法，妳是這座府邸的女主人，就算沒有做到最完美，還有司儀長、散騎郎他們會協助妳掌理府事，不需要獨自承擔全部的責任，可別忘了，妳真正的身分是我的夫人……」滿都祜親吻著她的髮頂。「而我想要的是真正的那個妳。」

聽到最後，她已經淚水盈眶。「真的可以嗎？就算任性，或跟你埋怨，你都不會覺得厭煩？

不會想要走開？」

滿都祜輕撫著她的背。「我會先聽妳說完，然後再問清楚原因，若是真有不對之處，也會當面告訴妳。」

「這是你親口說的……」婉鈺憶起阿瑪每次失望離去的背影，在在說明了他有多不想見到額娘，她很怕會在自己身上發生。

「對，是我親口說的。」他沈聲地承諾。

「好……」婉鈺用力頷首。「我願意試試看。」

「我是妳的丈夫，就多依賴我一點，要學著相信我。」滿都祜欣慰地笑了，很高興他們夫妻終於往對方更靠近一步。相信不用多久，兩人的心會緊密地結合。

婉鈺倚在他胸前頷首。原來把心事說出來，並沒有原本想像中來得可怕。她慶幸自己有這個勇氣跟夫婿坦白。

待夫婿的嘴唇覆上自己的，有著不同於之前的需索和熱情，婉鈺不禁柔順地偎了過去。

「我相信你……」她不是額娘，而這個男人也不是阿瑪，他們不會走上同樣那條路。

滿都祜呼吸濃重地解去妻子的衣物，親吻著、愛撫著身下的嬌軀，可以明顯感覺到她沒有之前幾次的緊繃和壓抑，慢慢嘗試著去迎合，不再只是小心翼翼地擔心會犯錯，那是改變的痕跡，也是信賴的開始，他知道今晚以後將會有所不同。

而接下來的兩、三天，婉鈺便試著找機會開口談另一件事。

「……貝勒爺。」她望著飄落在卵石地上的樹葉，全都變了色，也在告訴人們，時間是不等人的。

所以那件事不能再拖下去了。

滿都祜見她欲言又止，輕笑一聲。「想說什麼就說吧。」

「那麼妾身就直說了。」雖然婉鈺用了「妾身」兩個字，不過多了幾分調皮，以及戲謔。

「說吧。」他眼底的笑意更深了。

「雙月對我來說，不只是遠房親戚，也是唯一的朋友，我能夠坦然地說出心裡的秘密，面對自己的不安，她有很大的功勞。」她先為雙月說幾句好話。

「我明白。」這一點滿都祜也深表贊同。

「所以我很想幫她，希望她也得到幸福。」婉鈺一步步地切入重點。

聞言，滿都祜專注地凝睇妻子。「怎麼個幫法？」

婉鈺跟著丈夫走進亭子內，在石凳上坐下，這才道出原委。

「其實……她跟大哥已經互許終身，可是額娘卻十分反對，說雙月雖是遠房親戚，也只不過是沾了一點邊，其實是個出身不好又無依無靠的孤女，收留她已經算是仁至義盡，還費盡心思的想要拆散他們，甚至處處找她麻煩，加上雙月又不是旗人，也就更加困難了……」

她面帶愁容，要為雙月和兄長的幸福盡一分力。「貝勒爺也知曉大哥的個性，從以前到現在，都沒用正眼看過一個女人，直到遇見了雙月，才終於動了心，但是又不想委屈她當小的……唉！」

「那麼妳想怎麼做？」他也不拐彎抹角地問。

「如果有人願意收雙月為養女，自然能讓她成為旗人，問題不就解決了？」婉鈺說出事先想好的策略。

滿都祜不發一語，兀自沈思。

「妾身知道並不容易，可是總想試試看……」她也只想到這個法子，無論如何都要說服丈夫幫忙。

「也不是真的不行。」這句話讓婉鈺再度有了希望。

「真的可行？」她急急地問。

他沈吟一下。「我想到一個適當的人選，因為他欠了我一個很大的人情，要是跟他開口，絕對不會拒絕的。」

婉鈺一臉迫切。「對方是誰？」

「戶部尚書哈雅爾圖……之前不小心得罪了太子，險些惹來殺身之禍，不過八阿哥覺得此人還有用處，便要我幫了他一把。」滿都祜簡單地說明。

「讓雙月當他的養女，妥當嗎？」她有些擔憂。

「有過一次教訓，哈雅爾圖不敢再莽撞，加上八阿哥對妳大哥的正直不阿、為官清廉，向來讚譽有加，只要跟他提了，一定會命人打點妥當。」他想這是最快的法子，而八阿哥向來也樂意略施小惠給朝中大臣，表面上是欣賞，其實也有籠絡之意。「不過也要妳額娘同意這樁婚事……」

「只要大哥知道要娶的是雙月，絕對會立刻派媒人來提親，而對方又是戶部尚書，其中還扯到了八阿哥，額娘就算不想答應也不行。」婉鈺相信額娘絕對不敢得罪皇子。

滿都祜也同意妻子這個說法。

「嘻……」不知想到什麼有趣的事，婉鈺發出一記嬌脆的笑聲。

「在笑什麼？」看著妻子突然笑了，而且是真正達到眼底的笑意，不是疏遠客氣，他也跟著咧開嘴角。

婉鈺美眸一轉，眼底閃著狡黠之色。「妾身很期待當額娘知道雙月就要成為她的媳婦兒，會是什麼表情，只可惜無法親眼目睹。」

這還是滿都祜頭一回見識到妻子不曾展現的這一面。

撇去了柔婉順從的假象，這種無傷大雅、小小的使壞，是如此吸引人，他發現自己喜歡妻子這副模樣，原來這才是長大之後的她。

滿都祜不免打趣地說：「她可是妳額娘。」

「就因為她是我額娘，才會這麼說。」婉鈺笑靨中帶著幾分慧黠。「總不能事事如她的意。」

他低低一笑。「這麼說倒也沒錯。」

「不認為妾身這麼做是錯的？」她戲謔地問。

「只要是妳想做的，我都會支持……」滿都祜給予了她信心，也相信妻子聰明到懂得適可而止。「再說妳應該早就想好要這麼做了吧？」

婉鈺並沒有否認。「是，不過也要貝勒爺願意幫忙才行。」

「妳可以早一點說出來跟我商量。」他說。

她輕搖螓首。「這麼一來，好像妾身非要貝勒爺幫忙不可，一次就算了，若是多來幾次，貝勒爺心裡也會不舒坦，所以才想等見過雙月，對她有了認識，妾身再開口會比較恰當。」

原以為得費上一段時日，想不到才不過幾天，就因為雙月有心幫他們夫妻打開心結，隨口說了個故事，讓事情出現轉折。

「妳想太多了。」滿都祜又一次領悟到她受到父母的影響有多深。「若真有不恰當之處，我自會告訴妳原因，以及難處，這麼說明白了嗎？以後不必顧慮太多，直接跟我說。」

「妾身明白。」她動容地說。

從小看著雙親相處的情形，婉鈺早就不敢奢望會得到夫婿寵愛和真心，只盼能做到無可挑剔，好保有一席之地，不過現在得到的比預期還要多。

滿都祜牽起妻子的柔荑。「咱們來做個約定，往後心裡有話，都要告訴對方，無論是對是錯、是好是壞，都要坐下來商量。」

「是。」婉鈺淚光盈盈地應允。

「那就這麼說定了。」

能嫁給這個男人，是這一生最大的福氣。

婉鈺打從心底這麼想，相信夫婿也是如此認為。

他們擁住彼此，從今以後，心與心之間不會再有一絲隔閡。

於是，一個時辰後……

送滿都祜出門之後，婉鈺顧不得在侍衛和奴僕面前保持最優雅的姿態，踩著花盆底鞋，直接衝進雙月的寢房來了。

「雙月！」

砰！門扉被她推開了。

正在房裡畫圖的雙月整個人從椅子上驚跳起來，還以為是伺候的丫頭進來，不想讓人看見這些東西，趕緊把桌上的紙筆收妥。
婉鈺已經跨進門檻。「雙月，我有好消息要告訴妳……」
「嚇了我一跳……」雙月見到進門的是誰，吁了口氣，把抱在懷中的東西又放回桌案上。
她回頭對貼身婢女說道：「容兒，妳到外頭守著。」
「是。」容兒出去之前順手將房門帶上。
雙月一面把2B鉛筆放回收納袋中，一面問道：「發生什麼事了？」
「有個好消息要告訴妳……」婉鈺兩眼晶亮，雙頰泛著興奮的光彩，跟平常溫婉的形象完全不同。
「好消息？」雙月的目光本能地望向她的小腹。「妳有了？」
聽她這麼暗示，婉鈺臉蛋一紅。「不是。」
「那是什麼？」
婉鈺方才走得太急了，先順了口氣才說下去。「剛剛我和貝勒爺商量之後，可以讓妳以旗人的身分嫁給我大哥。」
「……什麼辦法？」雙月怔怔地問。
「只要找個旗人收妳為養女，這麼一來應該就沒有問題了。」婉鈺說出了自己的策略。「不過還是有些細節需要打點，這些我和貝勒爺會處理的，妳就不必操這個心了。」

雙月怔怔地問：「真的沒問題嗎？」

「當然。」她相信夫婿會安排得萬無一失。

一時之間，雙月還沒有太大的真實感。

她真的可以嫁給薄子淮了？

「……對方是戶部尚書，也算是門當戶對，沒什麼好挑剔的。」婉鈺眼底閃過一抹憂慮。「不過若額娘知道妳居然會從府裡的婢女，一躍成為她的媳婦兒，更不會讓妳有好日子過。」

「如果我怕她的話，就不可能活到現在了。」雙月不免要自我解嘲，而在身為女兒的婉鈺面前，也不便罵得太難聽。「只是當了婆媳之後，妳要擔心的是我會不會把她給氣死。」

雙月一點都不懷疑這個可能性，就算如願嫁給了薄子淮，也不會當個逆來順受的傳統好媳婦，她依然是她，還是只會做自己。

聞言，婉鈺噗哧一笑，更加惋惜無法親眼目睹這場婆媳鬥法。

「如果妳真的有辦法治得了額娘，我才要佩服，也許這麼說很不孝，可是我真的希望額娘有一天能夠想通，願意改改她的性子。」她笑得合不攏嘴。

「既然妳也贊成，那我就不手下留情了。」雙月一向都是「有仇必報」，絕不會放過欺負自己的人。

婉鈺掩口直笑。「我想我比妳運氣好，能有一個好婆婆……」

「因為妳們沒有住在一起，這樣也可以避免一些磨擦。」偏偏又不能要求薄子淮搬出去住，因為他是獨子，而且這個要求似乎也太不近人情，就算是在未來，這種做法也會受到批評。

「雖然沒有住在一起，不過還是得經常上恭親王府請安，每次都要面對同樣的問題，那就是肚子何時才會有好消息……」婉鈺有些無奈，把手心輕覆在小腹上。「我也希望能早點懷上孩子。」

「妳的心情要放輕鬆，愈著急，就愈難懷孕。」她雖然沒有生孩子的經驗，不過在未來的世界，有很多類似的醫療新聞，多少能提供一點建議。

「原來是這樣。」婉鈺很認真地聽。

雙月努力回想在網路上看到的相關知識，因為只瞄了兩眼，記得不是很清楚。「有一些小秘訣，我不確定有沒有效，不過妳可以試試看……」

當她把幾個撇步說出來，婉鈺臉都紅了。

「妳說……要在臀下塞個枕頭……還有行房之後要靠牆倒立……」說到這兒，婉鈺已經趴在桌面上，笑到沒力氣了。

「反正未來的女人想要懷孕都是這麼做的，妳就試試看。」雙月知道聽起來很好笑，不過有效就好。

婉鈺抿著笑意，拚命點頭，只要有助受孕，她都願意嘗試。

「雙月，妳幫了我，這次就換我來幫妳，一定會讓妳嫁給我大哥……大哥就拜託妳了。」她由衷地說道。

就這樣，七日後，就如滿都祜所言，八阿哥命人打點了一切，雙月順利成為戶部尚書哈雅爾圖的養女。

翌日，天還沒亮，一封緊急信函從貝勒府出去，快馬加鞭送往江寧。

江寧

巳時左右，薄府廳堂內的氣氛令伺候的奴僕們都忍不住屏息，所有的人連大氣都不敢喘一下。

「你是存心想氣死額娘嗎？」薄母臉色一陣青一陣白，吐出話來。

坐在座椅上的薄子淮面對質問，依舊面無表情。「孩兒不敢，只是既然無法給她們想要的，那麼安排以後的出路也是應該的。」

她氣到連聲音都在發抖。「她們可是額娘親自幫你挑的小妾，你怎能連問都不問一聲，就將她們送人？」

就因為是自己挑選的，這種做法等於是挑戰她這個當額娘的權威，對於親生兒子的這番挑釁行為，委實無法諒解。

薄子淮面色一冷，近來身子微恙，略顯蒼白的臉色更透著寒意。

「既然額娘都說是孩兒的小妾，那麼就有權利作主，何況她們至今還是清白之身，不必委屈當個小妾，值得更好的對象來託付終身，對孩兒的安排，也都表示相當感謝。」

「你……」薄母為之氣結。

同樣在座的吳夫人只得打著圓場。「阿嫂別氣壞了身子，不過是兩個小妾，送人就送人，這也沒什麼。」說話的口氣宛如丟掉東西一般，並不在意。

「你這麼做的目的是什麼？」無法忍受親生兒子突然跟自己作對，這種反常的行為讓薄母不禁怒目相向。

他端起茶碗。「孩兒是為她們著想。」

「哼！好個為她們著想！」薄母不怒反笑地問。「我看你是為了那個叫雙月的賤丫頭著想才對，是不是她要你這麼做的？」

「是不是都無關緊要，而是孩兒已經這麼做了。」說著，薄子淮啜了口茶水，潤了潤發癢不適的喉嚨。

薄母臉色一沈。「別以為把那個賤丫頭送到婉鈺那兒，我就拿她沒轍了，她這輩子都別想再踏進大門一步。」

「她是孩兒這輩子唯一想要的女人，不會另娶他人。」他不介意再說一次，表明自己的決心。

她不禁大發雷霆。「那賤丫頭到底哪一點好?」

「子淮，你把人收進房就好，怎麼可以為了個賤婢終身不娶?」吳夫人倒吸了口氣，按著胸口，彷彿聽到什麼見不得人的事。「傳出去可是會讓人笑話的，姑母這麼說也是為了你好……」

薄子淮冷冷地斜睞了下這名喜歡在額娘耳邊煽動的長輩。「這一點就不勞姑母費心了，一點閒言閒語，不足掛懷。」

當場碰了一個軟釘子，吳夫人臉色有些難看。

「倒是有關表妹的終身大事，還是得要問問姑母的意見。」他才這麼說，吳夫人表情透著狐疑。

「什麼意見?」

「昨天接到江西布政使遣人送來的信件，他的次子今年二十有二，尚未娶妻，有意讓媒人來跟表妹提親，所以先來問過姑母的意思。」薄子淮說得慢條斯理，卻讓在座的人臉色一變。

薄母馬上疑心大起，緊盯著兒子的表情，想要看出個端倪。「江西布政使怎麼會突然要來提親?該不會是你從中牽的線吧?雪琴可是額娘看中的媳婦兒，絕對不能嫁給別人。」

「除非額娘還有別的兒子，那就另當別論了。」他臉上波瀾不興地說。

她頓時臉色脹紅。「你的意思是不打算娶雪琴了?」

「孩兒從來沒有答應過要娶表妹，所以還是別再耽誤她的終身大事。」薄子淮回答得乾脆。

「你說什麼？」薄母臉色大變。

薄子淮何嘗希望母子之間發生任何言語上的衝突，不過他也想了很多，當初阿瑪就是一再忍耐退讓，用逃避來應付無謂的爭吵，結果不只讓額娘得寸進尺、為所欲為，夫妻更是從此貌合神離，形同陌路。

他絕不能重蹈覆轍，他更不是阿瑪，所以薄子淮決定照自己的意思去做，不再任由額娘擺佈。

「煩請姑母跟表妹說一聲，好好考慮這樁婚事。」說完，無視吳夫人呆愣，以及額娘氣憤填膺的表情，起身離去。

「咳咳……」

直到踏出廳堂，薄子淮喉間強自壓抑的咳意，再也憋不住了。

「大人，還是找大夫來瞧瞧……」跟在身邊伺候的小全子見主子已經咳了好幾天，忙又勸道。

薄子淮不在意地擺了擺手。「只不過是受了一點風寒……咳咳……不打緊……命人去藥鋪抓幾帖藥回來喝就沒事了……咳……」

「是，小的馬上派人去抓藥，大人先回房歇著。」小全子攙著他說。

雙月在等他，所以他不能歇著。

這段日子，薄子淮考慮了不少人選，終於幫表妹找到了一個好人家，現在就等姑母點頭，再讓對方派媒人來提親。

只要等表妹的婚事底定，再讓額娘徹徹底底明白自己的心意，雙月就能回到他身邊，這麼一想，薄子淮馬上打起精神。

翌日下午，薄子淮喝了湯藥，待在寢房內休息。

「咳、咳。」他倚著床頭，癡癡地凝望著手上的紙張，上頭是一幅「自畫像」，是雙月離開江寧的前一晚所繪，也是給自己睹畫思人用。

「雙月，妳要等我，我保證不會太久……」他蒼白的唇泛起笑意。

這時，小全子推門進來了。

見主子又起身，他連忙去取了披風過來。「大人怎麼不睡一會兒？」

「不礙事。」薄子淮將畫紙當作寶貝似的收妥。

小全子只好把話題轉到正題上。「方才表小姐派了婢女來說，有事想要跟大人談一談。」

「我這就過去。」他大概猜得出要談的內容，早該把話說明白了。

「大人臉色不太好看，要不要晚點再過去？」小全子看著主子有些憔悴的病容，憂心地建議。

薄子淮拉攏好身上的披風。「等回來再休息。」

主子的固執，讓小全子只得把話又嚥回去，默默地跟在後頭。

待他來到姑母和表妹居住的院落，讓小全子先進去通報，自己則先在外頭等候，心裡不由得想著，雙月此時在做些什麼，是否也在思念著自己。

過沒多久，薄子淮被請進小廳內。

見到他跨進門，吳雪琴一臉泫然欲泣的表情。

「表哥……」打從昨天從額娘口中聽說有人要上門提親的事，她一個晚上都沒睡，也睡不著，最後決心當面問個清楚。

「嗯，有話坐下來說吧。」他冷淡的口氣讓吳雪琴心又一沈。

吳雪琴不得不先坐下，話到嘴邊，又不知如何啟齒。

「姑母跟妳說了江西布政使的事了吧？」薄子淮主動提起。「我去年曾見過他這位次子，也聊了幾句，性情直率，也不諳心機，算是相當正派的人，是個值得託付終身的對象。」

「子淮表哥……」她聲音一哽。

「這是身為表哥的我唯一能替妳做的。」這句話已經說得很明白了。

「可是我……我……」吳雪琴吶吶地回道。

見主子話說得吞吞吐吐，金蘭更是心急如焚了。「小姐，妳就快點把自己的心意說出來……」嫁給江西布政使的次子能得到什麼好處？對方連個官位也沒有，還是個次子，這怎麼行呢？

「表哥，我想……」她淚眼汪汪地啟唇。

薄子淮面對眼前這張楚楚可憐的臉蛋，沒有一絲憐惜，因為他很清楚這不過是表相，想起那天雙月被逼得跳湖，若不是正好識得水性，早就死了，而表妹也是幫凶之一，真要使起手段，可也不輸給額娘和姑母。

這樣自私可怕的女人他不敢要，也不想要。

「若是不滿意，也還有其他對象。」一句話直接斬斷對方的希望。

「我……」吳雪琴語帶哽咽。「我只想嫁給表哥……」

他口氣越發冷淡。「我一向把妳當作親人、當作妹妹，沒有絲毫男女之情，也永遠不可能有。」

「可是舅母說……」她幽怨地喃道。

「要娶誰，由我來決定。」薄子淮態度更為強硬，如果這就是父母之命作主下的婚姻，他願意打破這個規矩。

「為什麼？難道……我不夠好？」吳雪琴用絹帕捂住唇，抽泣一聲。

「再好，妳仍然是我的表妹，如此而已。」他也把話說白了。

其實這些話早就該當面說出來，一直拖到現在，薄子淮認為自己必須負起部分責任，所以才希望能為她找個好人家。

該說的話都說完，薄子淮馬上起身離去。

「表妹好好考慮清楚。」他臨走之前又丟下一句話。

「小姐，這該如何是好？」金蘭也好想哭。「之前叫妳先下手為強，自動送上門去，妳總是矜持愛面子，硬是不肯，現在可好了……」

「嗚嗚……」被婢女這麼罵著，她更覺得委屈了。

主僕倆除了哭之外，想不出更好的辦法了。

既然表哥已經把話說絕，也表明不會娶她了，吳雪琴終於死心，答應讓對方派媒人來提親。

吳夫人彷彿一夜之間老了好幾歲，算盤打得再精，到了最後還是一場空，只能把氣全出在女兒身上，罵她沒出息，等了這麼久，結果什麼也沒等到。

半個多月後——

表妹的婚事正依照傳統習俗進行當中，也可以說已成定局，薄子淮總算解決了一樁棘手的問題，只剩下最後一關。

「咳咳……」一陣劇咳，伴隨著頭痛暈眩，還有惡寒，讓他身子一歪，險些站不住了。

小全子驚呼一聲，急忙攙著主子坐下。「大人！」

「我……沒事……」薄子淮感覺喉間有痰意，於是吐在手巾上，這才發現咯出了血來。「咳咳……」

「小的馬上去請大夫！」小全子簡直是嚇壞了。

薄子淮張口想說些什麼，不過緊接著全身無力，意識在一瞬間散去，他想要去抓，怎麼也抓不住，整個人虛軟地倒下。

雙月……

這是他昏厥之前最後的印象。

「快來人啊……」小全子大聲尖叫。

外頭的奴才奔進寢房，合力將主子扶上了床榻。

「快去請大夫！」小全子大聲嚷嚷。

片刻之後，薄母也大驚失色地趕了過來。

「怎麼會突然變成這樣？大夫去請了沒有？快點再去催一催……」

這是她僅有的依靠，可不能有事。

此時的薄子淮聽不見周遭的聲音和動靜，他只覺得好累，真的活得好累，好想就這麼拋下一切，官位不要了，責任也不想再扛了，只想沈沈地睡去。

大夫很快被請來了，在好多雙眼睛的注視下為病人把脈，又問了負責伺候的小全子，這幾日來的身體狀況。

「我兒子怎麼樣了？」薄母焦急地問。

他沈吟了良久。「嗯……病人是勞累過度、氣鬱成毒……加上咳痰帶血，脈象浮緊、舌苔薄白……這是肺熱壅盛咳血症，要先清肺瀉火，佐以止血……」

薄母可沒耐性聽他一一說完病情，迭聲地催促。

「既然這樣就快點開藥方子，我兒子絕對不能有事，只要能治好他，花多少銀子都無所謂……」失去兒子，薄家也就完了。

「是。」大夫馬上寫下所需要的藥材，交給奴才去抓。

小全子用袖口抹著淚水，哽聲地問：「我家大人不會有事吧？他很快就會好起來了是不是？」

「這段日子要讓病人臥床靜養，保持心情平靜……」大夫細心囑咐。「只是身上的病痛有藥物可以醫治，這氣鬱成毒，是心病，得要找出原因才能解毒開竅。」

「心病？」小全子低喃。

大夫點了點頭。「若是胸悶氣急、昏迷嗜睡的情況依舊沒有改善，病人會愈來愈虛弱，一定要小心注意。」

「是，小的明白……」

薄母慌張失色地喚著兒子，希望能把他叫醒。「子淮，你不能丟下額娘不管，薄家還得靠你……你不能跟你阿瑪一樣說走就走……」

聽不見額娘的哭喊，薄子淮正在作夢，夢見阿瑪愈走愈遠，直到走進黑暗中，不論自己怎麼叫，就是不肯回頭……

接著又換了另一個夢境，他娶妻了，可是就跟阿瑪和額娘一樣，天天為了小事發生爭執，那種日子真是生不如死……

夢境接著又變了，他被團火給包圍住，四周好黑，什麼也看不到……

已經夠了……

他再也撐不下去了。

「你就這樣放棄了？」

是誰？是誰在跟我說話？

「都還沒到最後關頭，說放棄太早了……」

雙月……

「一定要活下去……」

我很想妳……

「活著比死還要困難，所以更要努力……」

可是我好累……

好累……

讓我睡一下……

接下來五、六日，薄子淮的意識昏昏沈沈，始終神智不清，身上的熱度也是退了又燒，燒了又退。

「大人……你快睜開眼睛……」小全子天天求神拜佛的，就是希望他早點清醒過來。「雙月如果在這兒就好了……」

小全子最清楚主子心心念念的人是誰了，只要有雙月在，身體一定會馬上好起來的。

雙月，妳在哪裡？不要走……不要離開我……

「我沒有要走，是你要離開我才對。」她惱怒地質問。

我……

「只不過是生了場小病，你就想放棄自己了，這樣也好，我也可以回去原本的世界，不用再忍受所有不公平的事……」

不！別走！

「我一直在等你……」

「不要放棄……」

雙月還在等我，我不能死……

薄子淮努力擺脫四肢的沈重感，可是身體還在往下墜落，就算注定活不過二十八，他也要全力一搏。

這是為了雙月，還有他們的將來。

他不可以放棄求生的機會，被一場小病給打敗了……

雙月……

在心中大喊一聲，薄子淮掀開眼皮，從黑暗中用力掙脫出來，臉色也不再那麼蒼白了。

「……大人總算醒了！」小全子喜極而泣地嚷著。「雙月捎信來了……主子，主子，聽到沒有？」心病還得要心藥才能治得好。

薄子淮偏過頭，蠕動著乾燥的嘴唇問道：「信呢？」

「信在這兒……除了雙月，還有大小姐的……」小全子將兩封信交給主子，然後攙扶他坐起身。

他喘著氣，慢慢地將信紙抽了出來。

待薄子淮看到畫在紙上，用來報平安的「漫畫」，每一格都是兩手扠在腰上的雙月，不斷叮囑他要好好照顧自己，工作不要太累了，最後一格則畫了張害羞的臉蛋，旁邊明明白白地寫著「我很想你」。

眼眶霎時盈滿淚水，他也很想她。

再沒有比這個更好的藥了。

「雙月……雙月……」薄子淮將信紙按在胸口上，真情流露地呼喚著，讓身旁的小全子也跟著哭了。

片刻之後，他整理好情緒，才拆開妹妹婉鈺寫的信，信上詳細說明了她的「策略」，並要自己耐心等待好消息。

薄子淮眼中頓時迸出一道光彩，自己不能就這麼倒下，因為他和雙月還有一場硬仗要打。

相信很快就會到了。

……未完・待續，梅貝兒／文創風007《婢女求生記》三・〈三生有幸〉

清朝一個充滿戲劇性的朝代
穿越一個滿載幻想的時光隧道
梅貝兒一個擅於織造高潮迭起、纏綿又豐盛故事的作家

請跟著堅強又有個性的漫畫家，
回到保守又充滿故事性的清朝，
一起完成不可能的任務……

一塊神秘的琥珀，
一個救曾孫心切的老夫人，
癡癡苦等了四百年，
終於讓老夫人等到了
能救薄家免於絕後的于雙月，
只要她能回到清朝，
救救薄家最後一個子孫，薄家就有救了！
事不宜遲，畢竟只剩不到一年的時間了，
只盼一切還來得及……

文創風 001

婢女求生記 一〈自求多福〉

要不是當考古學家的「長腿叔叔」送她一塊琥珀，又怎麼會遇上這種怪事？
一個四百年前的老阿婆，居然要她去清朝救她的曾孫子，免得薄家從此絕後，
她不過是個小小的漫畫家，這個阿婆也太強人所難了！
算她衰！居然就這麼硬是被帶到清朝去當婢女，啊～～好歹也讓她當個小姐吧！
這裡連個抽水馬桶都沒有，萬事不方便，
她頭不會梳、衣服不會穿，完全不懂得怎麼服侍人，
現在卻要她當個婢女，這是什麼可怕的人生啊！最糟的是——
阿婆要她救的那個薄家男人，冷酷得像塊冰，這麼不好親近，教她怎麼救啊！

文創風 004

婢女求生記 二〈非卿莫屬〉

雙月發現自己的處境愈來愈艱難，她在意的人一個個離開了，
加上薄子淮對她的「另眼看待」，讓夫人開始刁難自己，
甚至連暗戀表哥的表小姐也一反害羞內向的性格，在背後說她的壞話，
身為一個婢女在這個朝代，只有任人欺凌的分兒……
可是她不想因為這樣就當薄子淮的侍妾，
對古代男人來說，喜歡就可以佔為己有，
但是對身為現代人，甚至心中傷痕累累的雙月來說，
她要的是當她伸出手求救，對方會緊緊地抓住她，死都不會放開的男人，
她和薄子淮之間並沒有那樣的繫絆，
他是高高在上的制台大人，而自己只不過是個小小的婢女。
就算要救薄家之後，她可不信就只當他的侍妾一招，她還不想賠上自己……

文創風 007

婢女求生記 三〈三生有幸〉

不當侍妾，雙月離開了薄家，甚至擺脫了婢女的身分，不必再回薄家，
然而她沒有忘記從現代穿越來到清朝的目的……
薄子淮就快二十八歲了，生死之劫就在眼前。
然而過了一關還有一關，就在她以為可以與他白頭偕老之時，
她居然被打回現代……老天爺也太愛開玩笑了吧……
她真的好想回去清朝，想回到那個有他在的朝代，那兒才是屬於她的家，
該怎麼做才好？誰來幫幫她……

狗屋文創風

自2011年10月起，接連三個月
將給你今年最值得期待的清朝穿越故事……
真・的・好・看・敬・請・期・待！

婢女求生記

國家圖書館出版品預行編目資料

婢女求生記 二, 非卿莫屬 / 梅貝兒著.
-- 初版. -- 臺北市 : 狗屋, 民100.11
面 ; 公分
ISBN 978-986-240-674-8（平裝）

857.7 100020927

著作者 梅貝兒
發行所 狗屋出版社有限公司
地址 台北市104中山區龍江路71巷15號1樓
電話 02-2776-5889～0
發行字號 局版台業字845號
法律顧問 蕭雄淋律師
總經銷 知遠文化事業有限公司
電話 02-2664-8800
初版 100年11月
國際書碼 ISBN-13 978-986-240-674-8

定價210元
狗屋劃撥帳號：19001626
網址：love.doghouse.com.tw E-mail：love@doghouse.com.tw

狗屋硬底子，臺灣文創軟實力，原創風格無極限！